Karla Zárate

DAS LETZTE MAHL

ROMAN

Aus dem Spanischen
von Daniel Müller

WILHELM HEYNE VERLAG
MÜNCHEN

Die Originalausgabe erschien unter dem Titel *Llegada la hora*
bei Dharma Books, México

FSC www.fsc.org
MIX
Papier aus verantwortungsvollen Quellen
FSC® C014496

Penguin Random House Verlagsgruppe FSC® N001967

Lektorat: Kirsten Naegele
Redaktion: Nina Lieke
Umschlaggestaltung: Eisele Grafik-Design, München
Umschlagmotiv: © Profstudio/Shutterstock
Satz: Leingärtner, Nabburg
Druck und Bindung: GGP Media GmbH, Pößneck
Printed in Germany

ISBN: 978-3-453-27360-3

»Blutflecken auf Tischdecken, ganz gleich ob
von einer Unachtsamkeit mit dem Schnitzmesser
oder einem Mord, sind kein Problem. Man muss
das Tuch nicht einmal abnehmen, um die Flecken
zu beseitigen, sondern kann sie durch kräftiges
Reiben mit dem noch warmen Kochwasser
des Stängelkohls aus dem Stoff entfernen.«

Leonardo da Vinci
in seinen Aufzeichnungen zur Kulinarik

01

ICH HABE BEGRIFFEN, dass der Tod der eigentliche Auftrag des Menschen ist, sei es durch das Versorgen der Körper, die sterben müssen, oder die Vergiftung von Zechbechern. Wir werden geboren, um zu leben und zu töten. Manchmal langsam, wenn wir unseresgleichen misshandeln, quälen oder foltern. Manchmal durch das Abfeuern einer Pistole, das Spalten eines Schädels, das Umdrehen eines Hühnerhalses. Der Tod ist die Substanz des Lebens, die scharfe Salsa auf den Tacos, das Grinsen von La Pelona, die Häme gegenüber den Hochmütigen und Protzigen, das Ruhegeläut des Homo sapiens. Er wird auf kleiner Flamme erhitzt, bis er köchelt.

Der Tod ist gierig, denn manchmal schlingt er ganz ohne Hunger.

So ist es, so wird es immer sein.

02

ES HAT ETWAS MAKABRES, die Henkersmahlzeit für einen Menschen zu bereiten. Es ist erregend.

Beim Kochen genieße ich den Gedanken, dass die zum Tode Verurteilten mein Gericht weder kritisieren noch loben können. Dazu haben sie keine Gelegenheit mehr. Sie schlingen hinunter, was später mitsamt ihren Körpern verrottet – ein Festmahl für die Würmer –, da mein Essen weder verdaut noch wie gewöhnlich ausgeschieden wird. Es sei denn, sie pissen, kacken oder kotzen sich voll, wenn sie das kalte Gift der Todesspritze spüren.

Es gibt da allerdings eine Sache, die möglicherweise noch ein wenig sadistischer ist: nämlich den zu töten, der für das Töten zuständig ist.

Mein Name ist John Guadalupe Ontuno, ich bin Küchenchef der Strafanstalt Polunsky Unit und habe den Gefängnisdirektor Chief Brown erledigt. Ich hatte eine heftige Reaktion erwartet: wild verdrehter Hals, Schaum vorm Mund, krampfender Körper, zitternde Extremitäten, Blut schwitzende Haut. Aufmerksam betrachtete ich die Szene, sah dem mit Whiskey abgefüllten Kerl beim Sterben zu.

An jenem Abend gab ich mir große Mühe bei der Zubereitung seines Lieblingsgerichts. Chief Brown hatte mich mehrfach über seine Vorliebe für Kobe-Rind unterrichtet, Tiere, die von ihren Züchtern mit klassischer Musik, Massagen und Bier statt Wasser verwöhnt werden. Von mir bekam er allerdings stets Fake-Kobe vorgesetzt, normales Rindfleisch eben, das ich lediglich mit einem Fleischklopfer bearbeitete, was der arme Idiot jedoch nie bemerkte. Wie hätte ich bei dem lausigen Küchenbudget auch echtes Kobe-Rind besorgen sollen?

Ich briet das Fleisch und garnierte den bestellten Burger mit Zwiebeln, Salat und Tomatenscheiben. Die Schälchen mit Ketchup, Mayonnaise und Senf stellte ich daneben, die Pommes frites kamen auf einen Extrateller. Die Küche war vom Duft der selbst gebackenen Burgerbrötchen erfüllt. Ich malte mir aus, wie das Aroma über die Zellenflure bis in die Nasen der Insassen schwebte, und lächelte.

Die Teller stellte ich auf ein Tablett und dieses auf einen Servierwagen mit weißem Tischtuch und klassisch gefalteter Stoffserviette. Dazu kamen eine Flasche Jack Daniel's, der Lieblingswhiskey von Chief Brown, ein Eiswürfelbehälter und zwei Gläser. Eins der Gläser war bereits gefüllt, das andere (vom Chief einige Tage zuvor benutzt und von mir ungespült aufbewahrt) war leer.

Mein Weg ähnelte dem, den ich beim Servieren der Henkersmahlzeiten nehme. Ich ging langsam und pfiff dabei die Titelmelodie von *Der Clou*, die sich mir ins Gehirn gebrannt hatte, da der Chief mich bei jedem seiner Anrufe zur Essensbestellung erst mal in die Warteschleife verbannte, in der dieses unsägliche Lied vor sich hin dudelte. Unterwegs betrachtete ich aufmerksam den schwarzen Fleck an der Wand, der wie ein gekreuzigter Christus aussah, die

Treppenstufe mit der abgebröckelten Kante, die Tür, die quietschte wie eine läufige Katze. Anstatt dann aber weiter zu den Zellen zu gehen, bog ich in Richtung des Büros von Chief Brown nach rechts ab.

An den Kontrollpunkten grüßte ich wie jeden Tag die Wachen, was diese mit müden Gesten quittierten. Der Verdruss darüber, ihre Tage bis in die Haarspitzen gelangweilt hinter Gittern verbringen zu müssen, um die Todgeweihten im Polunsky zu bewachen, stand ihnen ins Gesicht geschrieben. Alle anderen Mitarbeiter der Haftanstalt hatten schon Feierabend.

Die Bürotür war geschlossen. Gut möglich, dass meine indigene Küchenhilfe Tiwa gerade auf der anderen Seite dem Chief einen blies. Mir war bekannt, dass er ihr bei Verweigerung sexueller Gefälligkeiten drohte, ihren Vater für einen Mord einfahren zu lassen, von dem er Wind bekommen hatte. Sie also auf den Knien, kräftig lutschend und massierend, um es hinter sich zu bringen. Er vor ihr, die Hände in ihren Haaren versunken und voller Lust, sie zu vögeln, wissend, dass sein Saft in ihrer Pussy im Fall der Fälle zu seinen Ungunsten ausgelegt werden könnte. Vielleicht besprach er sich aber auch gerade mit Bosco. Ich öffnete, er war allein und saß in seinem Schreibtischsessel.

»Na, kommt jetzt endlich meine Bestellung?«, fragte er, als ich noch auf der Schwelle stand.

Ja, deine Eier mit Knoblauchdressing, beschissener Gringo, und dazu noch eine ganz besondere Delikatesse, hätte ich am liebsten geantwortet.

Brown biss in den Burger und kaute mit offenem Mund, dann leckte er sich den Tomatenketchup von den Fingern. Ich goss Whiskey in das zweite Glas. Er trank es in einem Zug leer. Während ich nachfüllte, nahm er noch einen Bissen.

»Ausgezeichnet!«, grunzte er, rülpste und aß weiter.

Kurz darauf setzte er zu einem dieser faden und heillos übertriebenen Monologe über seine früheren Heldentaten an. Ich kannte die Storys alle auswendig und hatte weder Zeit noch Geduld dafür.

»Ich sag dir, wie es ist, Koch, ich hab mein Leben riskiert. Ich war an verdammt vielen Manövern gegen kriminelle Organisationen beteiligt, aber diese Mafiatruppe hochgehen zu lassen, war mein größter Coup. Dafür hab ich zum Glück auch die Anerkennung bekommen, die mir zusteht, aber das weißt du ja.« Er zeigte auf eine golden glitzernde Medaille mit blau-rot-weißen Bändern an der Wand hinter ihm.

»Ich bin mir sicher, dass auch der liebe Herrgott oben im Himmel Sie dafür belohnen wird, Chief.« Wieder füllte ich sein Glas bis zum Rand.

Er schwadronierte weiter. Die Spitzen seines Schnurrbarts tanzten auf und ab, er strich sich über die linke Augenbraue. Ich ließ ihn quatschen, unterbrach ihn nur für Lob und Anerkennung. Wenn ich etwas sagte, sprach ich absichtlich stammelnd und stockend, wie ein ehrfürchtiger Untertan, der den Großtaten seines Herrn huldigt.

Er stand auf und ging aus dem Raum.

Durch die offen stehende Tür hörte ich, wie sein Urinstrahl in das Wasser der Kloschüssel klatschte.

Als er zurückkam, war sein Haar feucht, sein Gesicht gerötet, sein Schritt wankend. Er setzte sich. Vor ihm wartete das Glas, das ich bereits in der Küche vorbereitet hatte. Wie die vorherigen leerte er es in einem Zug.

Ich bekam Lust, mit ihm zu trinken, mit ihm anzustoßen, auf uns, mein Leben und seinen Tod. Lust, ihm zu sagen: *Salud, mein Freund, und wohl bekomm's! Wir sehen uns irgendwann in der Hölle wieder. Und Glückwunsch noch mal, du Mistkerl, du hast eben dein Ticket ins Jenseits gelöst.* Zu gern hätte ich gesehen, wie er Blut spuckend über den Boden kriecht und mich um Hilfe anbettelt. Aber es sollte nicht sein. Angst kam in mir auf, Zweifel meldeten sich. Ich wusste, dass ich ein großes Risiko eingegangen war. Der Chief lehnte sich nach hinten, grunzte ein-, zweimal und fing an zu schnarchen. Er war weggetreten, mit offenem Mund.

Ich hielt ein paar Meter Abstand und beobachtete ihn in seinem Koma. Die Luft fühlte sich schwer und drückend an, kalter Schweiß benetzte meine Haut. Der Chief schnarchte weiter. Ich sah auf die Uhr. Ein unangenehmer Geruch nach Tabak, Alkohol und Essen schlug mir entgegen, als ich näher an ihn herantrat. Zwei Pommes lagen auf seinem Hemd, drumherum hatten sich Fettflecken gebildet. Sein Kopf hing zur Seite, in seinen leicht geöffneten Augen war nur noch das Weiße zu sehen. Aus seinen Gehörgängen wucherten dicke schwarze Haare. Er lag in dem Sessel wie ein soeben erlegtes Tier. Die Pranken hingen unbeweglich an den Seiten herab, aber noch hob und senkte sich die Brust langsam im Rhythmus seiner Atemzüge.

Ich stellte das zuletzt von ihm geleerte Glas zurück auf den Wagen. Das andere füllte ich mit Eiswürfeln und Whiskey und schob es zu seiner geöffneten Hand.

Dann ging ich.

Ich weiß nicht, ob mich das Bild von Chief Brown nachts heimsuchen wird, ob ich sein Gesicht in jedem Kind auf der Straße sehen werde, in jedem Verkäufer, jeder Frau, die stehen bleibt, um mich nach der Uhrzeit zu fragen. In dem von Don Pascual, meinem Vater.

Man lernt, mit seinen Toten zu leben.

03

EDEN IST EINE KLEINE STADT ziemlich genau in der Mitte von Texas. Die Bevölkerung ist überwiegend hispanoamerikanisch, gelangweilt vom Bibellesen und versessen auf Reality-TV. Eine Wüste in der Wüste, staubtrocken, kaffeebraun und absolut unfruchtbar, die nur dank einer außerhalb der Stadt gelegenen Fabrik für Tischtücher und Teppiche überlebt. Es gibt einen See, der für seine Welse bekannt ist, zu dem aber nie jemand geht. Im Zentrum findet man ein kleines Krankenhaus, ein Restaurant mit Bar, eine Post, eine Bank, eine Bibliothek, einen Lebensmittelladen und eine Männerhaftanstalt, in der auch Don Pascual einmal wegen einer im Rausch angezettelten Straßenschlägerei einsaß.

An diesem Ort wuchs ich auf, und von diesem Ort ging ich fort, um nie wieder zurückzukehren. Genauso gut hätte ich bleiben, die Tochter des Sheriffs heiraten, ein halbes Dutzend Kinder zeugen und mich der Rinderzucht widmen können oder aber dem illegalen Verkauf von Drogen und gepanschtem Alkohol, was den scheinheiligen Gemeindemitgliedern sicher insgeheim gut in den Kram gepasst hätte.

Meine Mutter, Doña Elvira, nahm mich jeden Sonntag mit in die Kirche unseres Viertels. Es handelte sich um einen einfachen Saal mit grauen Wänden und einem Kreuz hinter der Kanzel. Zu den Gottesdiensten in dieser Kirche, der Iglesia de los Santos Arrepentidos, gingen fast nur Latinos. Sie war klein, und der ihr eigene Geruch nach Feuchtigkeit sorgte bei mir stets für Übelkeit. Sie hatte gewisse Ähnlichkeiten mit der Hölle: Im Sommer war es in ihrem Inneren unerträglich heiß, im Winter kroch einem die Kälte in die Knochen. Weder Klimaanlage noch Heizung vermochten je Abhilfe zu schaffen.

Meine Mutter verbrachte lange Stunden dort, kniend, mit geschlossenen Augen und andächtig gefalteten Händen. Ich spazierte derweil durch die Gänge, an den Reihen der Metallstühle entlang, um den Altar herum und versteckte mich manchmal in dem Kämmerlein, das als Beichtstuhl diente. Ich tat, als würde ich mir die Sünden der Gemeindemitglieder hinter dem Gitter anhören, um ihnen anschließend ihre Verfehlungen zu vergeben und Bußen aufzuerlegen. Der Frau, die mit dem Freund ihres Ehemanns vögelte. Dem Kerl, der mitten in der Predigt einen Ständer bekam. Der Teenagerin, die ihrem viel älteren Freund den Schwanz lutschte. Dem Burschen, der die Patene klaute, um sich mit den heiligen Hostien an schwarzer Magie zu versuchen. Ich nahm ihnen allen die Beichte ab, sprach aber schwere Strafen aus: Bei mir mussten die Sünder für immer und ewig dem Bingo entsagen, der Countrymusik der Schokolade oder dem Oralsex.

Mit der Zeit verlor ich die Angst vor dem blutenden Jesus mit der Dornenkrone auf der zerkratzten Stirn und der klaffenden Wunde zwischen den Rippen. Und auch die vor den Heiligen, die mit leicht geöffnetem Mund den Blick zum Himmel wandten und um Vergebung flehten. Wenn Mamá aus der Kirche kam, waren ihre Lider geschwollen und die Ärmel und der Ausschnitt ihres Pullovers mit feuchten

Taschentüchern vollgestopft. Oft spendierte sie mir dann eine Limonade oder ein Eis oder ging sogar mit mir einkaufen, zum Beispiel um sich eine neue Brosche zu gönnen. Aber nicht einmal so konnte sie die Traurigkeit abschütteln.

Dabei hatte die Geschichte, wie die meisten eigentlich, gar nicht so schlecht begonnen. Don Pascual stammte aus Cuitzeo, Doña Elvira aus Pátzcuaro, beides Kleinstädte in Michoacán. Sie lernten sich in der Hauptstadt kennen, wo sie im selben Haus wohnten. Er arbeitete als Maurer, sie kochte und wusch für andere Leute. Eines Tages bot meine Mutter ihm etwas von ihrem Essen an. Rasch wurden sie ein Paar, da er ihr versprach, sie aus der Not zu führen und ihr eine Menge Söhne zu schenken. Dann ertappte sie der Vermieter beim Knutschen im Flur. Der Mann wollte keine Pärchen in seinem Haus und setzte beide auf die Straße. Sie entschieden, in den Norden zu gehen und dort, auf der anderen Seite, ihr Glück zu suchen. Sie setzten alles auf eine Karte, wohlwissend, wie gefährlich die Sache war.

Wenn ich fragte, wie sie diese strapaziöse Reise gemeistert hatten, wechselte sie das Thema, antwortete mit Banalitäten oder erwähnte nur Offensichtliches, Gründe, die immer passten und immer überzeugten, selbst wenn es sich dabei nur um Halbwahrheiten handelte: Sie seien immigriert, um mehr Geld zu verdienen, die Familie zu unterstützen und dem Kind in Mamás Bauch – das war ich, der einzige Sohn, den sie bekam – eine Zukunft bieten zu können.

Don Pascual erinnerte mich ständig daran, dass ich Unheil über Mamá gebracht hätte, meine Geburt ein schlechtes Omen gewesen und sie allein durch meine Schuld erkrankt sei. Aber das war gelogen, ich glaubte ihm nicht. In Wirklichkeit war er es, der ihr das Leben vergällt hatte.

Am siebenundzwanzigsten August regnete es wie aus Kübeln. Don Pascual war schon in aller Frühe zu einer Baustelle aufgebrochen. Elvira erwachte matter als gewöhnlich und mit Schmerzen. Dennoch wischte sie den Boden, reinigte die Wohnung, staubte die Regale ab. Zum Frühstück trank sie einen Kaffee und aß ein süßes Brötchen, als Mittagessen bereitete sie sich eine Hühnersuppe mit Reis. Sie hob Pascual einen Teller fürs Abendessen auf.

Um die Mittagszeit hatte es angefangen zu nieseln. Die Luft war für diesen Monat ungewöhnlich frisch. Der Regen wurde von Stunde zu Stunde stärker. Dann begann das Gewitter, und ein starker Wind zog auf, der an den Ästen der Bäume und Doña Elviras Nerven zerrte. Später erzählte sie, noch nie habe man in Eden so viele Blitze und Donnerschläge erlebt. Und mit dem gleißenden Licht und dem Krachen im Himmel kamen die Stöße und Tritte, mit denen sich das kleine Wesen in ihrem Bauch bemerkbar machte.

Die Nacht brach herein. Die Blitze warfen ihr Licht auf die zerwühlten Laken, die Wasserschüsseln, die Stofftücher, die Bettdecke, kurz: das wenige, das Elvira hatte vorbereiten können. Stirn, Rücken, ihr ganzer Körper schwitzte. Niemand war da, um sie zu unterstützen. Sie schaffte es nicht, allein aufzustehen, um die ganz in der Nähe wohnende Hebamme zu holen.

Sosehr sie auch schrie, das Sturmgetöse verschluckte die Hilferufe meiner Mutter. Bald war es nur noch ein raues Bellen, ihre Stimme schien mit jeder Wehe kratziger zu werden. Ihre Eingeweide verknoteten sich zu einem derben Knäuel, ganz so, als wüte das Baby in ihrem Bauch wie ein wildes Tier, um dem Ort zu entfliehen, an dem es neun Monate lang so viel Wärme und Geborgenheit gefunden hatte. Die Kratzer, Bisse und Schläge, die sie in ihrem Inneren spürte, fühlten sich an, als hätte ich mit ihren Organen gespielt, sie herumgeworfen, in sie hineingekniffen. Nass von Schweiß, Fruchtwasser und dem Blut, das aus ihrer Vagina strömte, legte sie sich aufs Bett. Sie betete zur Jungfrau Guadalupe, zum lieben Herrgott und auch zum Teufel, damit die Schmerzen ein Ende hätten. Irgendwie schaffte sie es, sich hinzusetzen. Dann öffnete sie die Beine und presste.

Mein blutiges Köpfchen kam zum Vorschein, beim nächsten Pressen folgte mein ganzer Körper. Und ich.

Mein Weinen und ihr Wehklagen ließen das Peitschen des Sturms verstummen.

Dann drückte sie mich an die Brust, und ich begann zu saugen. Doña Elvira stillte mich, bis ich fast vier Jahre alt war. Sie sagte später, ich hätte mit viel Kraft an ihren großen dunklen Brustwarzen gesogen, sie auch gebissen, obwohl ich gewusst hätte, welche Schmerzen ihr das bereitete. Manchmal stelle ich mir vor, wie ich meinen Mund mit der warmen, süßen Milch aus ihrer Brust füllte und diesen Moment kurz auskostete, bevor ich sie, was für ein Genuss, hinunterschluckte, um gleich darauf wieder zu saugen.

Sie bemühte sich, einen wohlgenährten, widerstandsfähigen und kräftigen Burschen aus mir zu machen. Brot, Tortillas, Hühnchen oder was auch immer gerade da war, alles stopfte sie in mich hinein, ob ich Hunger hatte oder nicht, zu jeder Tageszeit. Don Pascual hingegen bestrafte mich, wann immer er konnte und stets ohne Grund, indem er mich ohne Abendessen ins Bett schickte.

Seither weiß ich, dass sowohl das Kochen als auch das Essen ein Akt der Liebe ist.

Oder das Gegenteil.

04

ICH HEISSE JOHN GUADALUPE Ontuno Macías, und mein Name ist mir durchaus wichtig, auch wenn mich manche einfach nur Lupe oder John nennen. Die Gefangenen im Polunsky-Gefängnis hingegen spricht man mit ihrer Gefangenennummer an oder mit Namen, die auf ihre Verbrechen anspielen. *Hey, du, Knochenmann, Kinderwürger, Guillotine!*

Im Standesamt von Eden diktierten Pascual und Elvira dem Beamten vor ihnen die ersten Kennzahlen des Fleischbrockens in ihren Armen. Oder war ich da schon ein Kind, das laufen konnte? Wie war das gleich noch mal? Man erschafft die Vergangenheit ständig neu, modifiziert die Erinnerungen, je nachdem, wie es gerade besser passt. Man verändert Situation und Szenerie, fügt nie gesprochene Dialoge hinzu, improvisiert, ergänzt Personen oder lässt sie verschwinden.

Der Park, in dem ich damals spielte, war grün, immer grün, und mit Schaukeln, Klettergerüsten und Rutschen ausgestattet. Es gab dort auch einen Sandkasten, in dem ich meine Spielzeugautos vergrub. Wenn ich am nächsten Tag zurückkehrte, erwarteten sie mich schon, die unter Sandhügeln verborgenen Schätze. Dieser fröhliche Ort war vielleicht inzwischen schon dem Erdboden gleichgemacht und von einem Gebäude ersetzt worden. Möglich ist es. Aber ich weiß es nicht. Sicher ist nur, was geschrieben steht: Den offiziellen Dokumenten zufolge kam ich an irgendeinem siebenundzwanzigsten August um 21.24 Uhr lebend zur Welt. Als Sohn von Pascual Ontuno und Elvira Macías, beide aus Mexiko. Außerdem steht da, ich hätte fünf Pfund gewogen und sei achtundvierzig Zentimeter groß gewesen. Padre Alonso, der Pfarrer des Viertels, taufte mich einige Tage später. Meinen Namen habe ich von meinem Großvater Juan Macías, dem Vater von Doña Elvira, und der Jungfrau von Guadalupe, die sie um meinen Schutz bat.

Padre Alonso machte mich zum Messdiener, als ich gerade einmal sieben Jahre alt war. An den Sonntagen unterstützte ich ihn in der Kirche und ging mit dem Klingelbeutel herum, in den die Gemeindemitglieder während der Messe ihre Münzen warfen. Einen Teil der Geldstücke gab ich der Kirche, der andere landete in meiner Hosentasche, da mir das Trinkgeld von Padre Alonso armselig vorkam. *John Guadalupe, der Teufel wird versuchen, dich zu verführen. Du musst lernen, ihm zu widerstehen, andernfalls endest du in der Hölle und wirst auf dem Rost braten.*

Er riet mir zum Pfad der Tugend. Manchmal zog er mich auch an den Ohren und nervte mich damit, dass ich den Satan in mir trüge und ihn endgültig herausreißen müsse, dass ich das Licht in meine Seele lassen solle, damit Doña Elvira endlich Frieden finden könne, anstatt weiter in Kummer und Sorge zu leben. Ich gebe zu, manchmal hätte ich ihn gern mit seiner eigenen Stola erdrosselt, hätte am liebsten an den Enden des Stoffstrangs gezogen, bis sich sein Gesicht erst rot, dann violett verfärbt hätte und er erstickt wäre. Ich dachte auch daran, ihn mit dem Kelch niederzustrecken, ihm mit dem Gefäß den Schädel zu spalten, um seine Seele hinauf zum Schöpfer zu schicken.

Ich besaß damals eine Keksdose, mittlerweile verbeult und rostig, in der ich meine Schätze aufbewahrte: eine Sammelkarte von Captain America, die ich einem Schulkameraden gestohlen hatte, ein Gummiband, einen getrockneten Froschschenkel, drei Murmeln und anderen irgendwo aufgelesenen Krimskrams wie Schrauben, Glassplitter, Steinchen, Bonbonpapiere, kleine Zweige und Laub. Eine Zeichnung war auch unter den Kostbarkeiten, darauf eine schmale Straße, eine gelbe Sonne und eine Kulisse aus grünen Bergen. Am unteren Bildrand stand ich, mit einem spitzen Gegenstand in der Hand, bei dem ich weder weiß noch erkennen kann, was es eigentlich war.

Das Bild hatte ich auf einer Reise nach San Antonio gezeichnet. Doña Elvira, Don Pascual und ich wollten damals Verwandte besuchen, die auch über die Grenze in den Norden gekommen waren. Ich ließ das Seitenfenster unseres Vans herunter, drehte mit Kraft an der Kurbel, bis die Glasscheibe in der Tür verschwand. Der Fahrtwind klatschte mir ins Gesicht. Ich kniff die Augen zusammen und verzog den Mund, eher unfreiwillig, zu einem Grinsen. Draußen auf den Feldern wogte der Weizen mit seinen zersplissenen Kronen wie ein Meer aus goldenen Wellen. Gäbe es in meiner Schatzkiste ein Foto, das die Essenz meiner Kindheit festhielte, es würde genau diesen Moment zeigen: mein Lächeln gegen den Wind.

Mamá hatte Kuchen, Obst und Getränke eingepackt, mit denen wir uns auf der Fahrt stärkten. Die im Wagen zurückbleibenden Krumen, Schalen, Verpackungen und Plastiktüten sorgten im Laufe der Fahrt für ein unverwechselbares Aroma aus überreifen Orangen und trockenem Brot.

Ab und an drehte sich meine Mutter zu mir um.

»Was machst du, John Guadalupe?«

»Nichts.«

»Menschen können nicht nichts tun. Wir denken immer an irgendetwas, bewegen uns, laufen herum.«

»Ich schau mir die Wolken an.«

»Und was siehst du?«

»Wolken.«

Ich weiß nicht, ob diese Autofahrten drei Stunden oder einen ganzen Tag dauerten. Ich erinnere mich auch nicht daran, ob Pascual gut fuhr oder wie viele Dosen Bier er dabei trank. Damals war Elvira noch nicht krank. Ihre schwarzen Augen glänzten noch wie die Kerne von Großen Sapoten, und ihre Lippen hatten die Farbe reifer Pflaumen, wie es sie in ihrer Heimat gab. Ich saß auf dem Rücksitz und spielte mit ihrem langen schwarzen Zopf, der von rotem Garn zusammengehalten wurde. So wie andere den Schwanz oder die Pfote eines Hasen als Glücksbringer benutzen, hätte ich gern dieses Anhängsel meiner Mutter besessen, um es für immer bei mir zu tragen und in meiner Schatzkiste zu verstecken. Sie liebte Rancheras und trällerte ständig irgendeins dieser Liedchen vor sich hin. Ihre Stimme klang lieblich, ein wenig schief vielleicht, dazu wippte sie mit den Schultern und lächelte. Zumindest in meiner Erinnerung.

Wie es dazu kam, dass unsere Reisen mit dem Auto irgendwann aufhörten, weiß ich nicht. Vielleicht war es in dem Sommer, als ich meinen ersten Job als Hilfskellner in einem asiatischen Restaurant bekam. Auf unseren Fahrten über die texanischen Highways war immer auch mein Hund Canas dabei – eine Promenadenmischung, klein, mit hellgrauem Fell. Er war ganz unerwartet in die Familie gekommen, ganz ähnlich wie die Menschen, die uns bewegen und unser Leben verändern, auch wenn sie dann irgendwann ohne Vorankündigung verschwinden oder sterben. Besonders mochte ich den Geruch seines warmen Atems, diese Mischung aus Speichel und Trockenfutter. Wenn ich Rindfleisch paniere, rieche ich sie manchmal, diese trockene, intensive und ganz eigene Note, die mich an andere meiner Lieblingsdüfte erinnert: Milch kurz vor dem Kochen, Eiswürfel frisch aus dem Gefrierfach, meine verschwitzten Handinnenflächen, erlöschende Zündhölzer, mein Sperma, trocknendes Blut.

Canas und ich hockten hinten im Auto wie zwei Komplizen, während meine Eltern vorn über Dinge sprachen, die ich nicht verstand oder vorgab, nicht zu verstehen. Ich kraulte ihn hinter den Ohren, und gemeinsam genossen wir, zufrieden und träge, die Ruhe dieser sonnengetränkten Nachmittage.

Eines Tages begann er zu murren, sobald er aufstand oder sich umdrehte. Ich vermutete, es könnten die Nachwirkungen von einem der Fußtritte sein, die Don Pascual dem Tier häufig versetzte. Sicher würde er sich bald davon erholen. Ein paar Wochen später konnte Canas fast nicht mehr laufen. Er lag auf dem Boden und winselte mit flehendem Blick. Wochen zuvor hatte Canas meine Lieblingsschuhe zerfetzt, ein Paar schwarze Converse. Meine Wut darüber war so groß gewesen, dass ich mit ihm schimpfte und ihn anschrie. Dann kamen die Schmerzen. Heute denke ich, dass die Sache mit den Schuhen eine Art Rebellion war, ein Versuch, meine Aufmerksamkeit zu erregen, aber ich hatte es nicht verstanden. Ich hob ihn ins Auto und legte ihn in seine Transportbox, um ihn zum Tierarzt zu bringen.

Dort angekommen, hievte ich ihn auf das kalte Metall des Behandlungstischs. Canas konnte nicht einmal mehr die Augen öffnen. Er hatte einen Tumor in der Wirbelsäule.

»Für so gute Burschen wie dich gibt es einen Hundehimmel, das weißt du schon, oder? Voller Trockenfutter, Hachsen mit Knochen und Gummibällen«, flüsterte ich Canas zu. Er blinzelte mich nur verzweifelt an.

Der Tierarzt verabreichte ihm die Spritze in die Hüfte. Canas stöhnte, aber der Laut kam nicht aus seinem Maul, sondern aus seinen Eingeweiden. Langsam schlief er ein, für immer. Wir erlösten ihn von seinem Elend.

Irgendwann lernte ich die Reyes Latinos kennen, eine Straßengang. Sie trafen sich immer nachmittags, ganz in der Nähe meines Barrios. Ich gab mich möglichst tough und männlich, als könnte mich nichts überraschen oder erschrecken. Ihr Stammrevier war eine dunkle Gasse, verdreckt und abgelegen, in die sich niemand hineinwagte, weder am Tag noch in der Nacht. Zu ihren Aktivitäten zählten Schmuggeleien, kleine Überfälle und Drogengeschäfte. Außerdem rauchten sie gern Marihuana, tranken bis zum Filmriss und hörten Rapmusik mit spanglischen Texten, die mir irgendwie nie gefallen hat. Boss der Reyes war ein untersetzter Kerl, keine eins fünfzig groß, aber mit Furcht einflößender Visage. Seine Stirn war faltig und zerfurcht, als wäre sie eine einzige wulstige Narbe. Auf seiner haarlosen Brust baumelten dicke Goldketten. Er sah aus wie ein verkleidetes Kind. In meinem Kopf nannte ich ihn Chucky, die Mörderpuppe. Eines Tages blieb ich auf dem Heimweg vor einem kleinen Laden mit Haushaltsgeräten stehen, um mir in der Auslage einen Walkman anzusehen, der mich schon länger interessiert hatte.

»Willst du das Ding? Kein Problem, Mann, ich hab da einen Job für dich. Du musst mich nur warnen, wenn jemand kommt, die Polizei oder sonst irgendwer. Wenn du einer von uns sein willst, musst du auf Zack sein, Junge.« Chucky gab mir einen Fünfzigdollarschein. Mit dieser Anzahlung hatte ich den Auftrag akzeptiert.

Nun konnte ich mir den Walkman kaufen. Es bliebe sogar noch genug für eine der Broschen, die Doña Elvira so gern mochte. Ich steckte mir einen Kaugummi mit Traubengeschmack in den Mund, den ich in meiner Hosentasche gefunden hatte. Zuerst lutschte ich ihn nur und konzentrierte mich auf den Geschmack. Dann kaute ich ihn so heftig, dass mir der Kiefer wehtat. Ich machte Blasen, eine nach der anderen, war nervös wie ein Rennpferd in der Startbox. Die platzenden Blasen dröhnten in meinen Gehörgängen, als wären es kleine Explosionen. Ich kam mir vor wie in einem Videospiel, in dem andere dran glauben mussten, wenn ich nicht richtig aufpasste. Chucky und drei seiner Kollegen gingen in den Laden. Durchs Fenster sah ich, wie sie den Angestellten fesselten und knebelten und die Kunden in Schach hielten. Plötzlich tauchten zwei Personen an der Straßenecke auf, ein Mann und eine Frau. Gemächlichen Schritts kamen sie in unsere Richtung. Schweißperlen rannen mir über die Stirn, meine Hände zitterten, und ich verschluckte den Kaugummi. Ich wollte pfeifen, schaffte es aber nicht. Auch schreien konnte ich nicht, meine Stimme versagte. Ich lief in den Laden. Der Anblick meines verschreckten Gesichts reichte einem der Reyes, um zu kapieren, dass draußen Gefahr drohte. Als sie darauf ihre Pistolen zogen, war ich überzeugt, dass sie uns alle umbringen würden. Vor meinem inneren Auge lief ein Film ab: Schüsse, Schreie, Blut, das Eintreffen der Polizei, ich im Gefängnis wegen Mittäterschaft, eine vom Kummer zerfressene Doña Elvira. Aber nichts dergleichen geschah. In weniger als zehn Minuten räumten die vier Reyes den Laden leer: Stereoanlagen, Fernseher, Bügeleisen, Mikrowellengeräte und sogar Skateboards schleppten sie zu einem in der Nähe geparkten Lieferwagen.

»Hey, gute Arbeit«, sagte das Pummelchen und gab mir den Walkman.

Ich rannte weg, meinen wohlverdienten Lohn in der Tasche.

»Du sollst nicht begehren deines Nächsten Haus, und du sollst nicht ehebrechen, John Guadalupe. Außerdem heißt es, du sollst nicht stehlen. Verstehst du, was ich dir sage?«, predigte mir Padre Alonso, als er von dem Überfall in der Nachbarschaft erfuhr.

»Was passiert, wenn sich jemand ein bisschen Geld verdient, indem er einem anderen bei dessen Gaunereien hilft?«, fragte ich nach.

»Das ist unlauter verdientes Geld. Er sollte es der heiligen Mutter Kirche spenden«, antwortete der Padre. »Was hast du da für ein Teufelsgerät?«, fragte er und zeigte auf den Kopfhörer um meinen Hals. »Du wirst doch wohl nicht die Musik des Satans hören, oder?«

Anstatt diesen Klängen mit versteckten Botschaften zu lauschen, so trug mir Padre Alonso auf, sollte ich zehn Vaterunser beten, was ich aber aus purem Trotz nicht tat. Und das Geld? Das habe ich für einen Kinobesuch, meine erste Schachtel Zigaretten, die Brosche für Doña Elvira und anderen Kram ausgegeben. Auf diese Weise lernte ich, dass man seine Sünden niemals beichten sollte, weder den Pfaffen noch den Seelenklempnern.

Als die Mara Salvatrucha versuchte, Eden zu übernehmen, rief Chucky uns zusammen, um den Widerstand zu organisieren. MS-13-Mitglieder hatten ein Kleinkind entführt, den Nachwuchs eines südamerikanischen Paares, mit dem die Bande noch eine Rechnung offen hatte. Besagtes Paar war in Eden untergekommen und hatte mit uns, den Reyes, gute Geschäftsbeziehungen aufgebaut. Als Reaktion auf die Kindesentführung hatten unsere Leute einen Marero gefangen genommen und ihn im Keller von Chuckys Haus angekettet. Als Neuling bei den Reyes musste ich den Kerl bewachen. Ich hielt zum ersten Mal in meinem Leben eine Waffe in der Hand. Es war ein älteres Modell, ein .38er Colt, mit dem ich auf den Kopf des Gefangenen zielte, sobald er sich bewegte. Ich lernte schnell, das Zittern meiner Hände zu unterdrücken und meinem Gegenüber fest in die Augen zu sehen. Ich musste ihn ständig beobachten, alles andere hätte fatale Folgen haben können. Zu meinen Aufgaben gehörte auch, dem Mann von Zeit zu Zeit Wasser zu geben. Ich hatte mir mein Mittagessen mitgebracht und aß vor seinen Augen die von Doña Elvira selbst gemachten Tortillas und die noch lauwarmen Frühstücksreste. Der Gefangene war jung, ungefähr in meinem Alter. Körper und Gesicht waren mit Tätowierungen überzogen, auf dem kahl geschorenen Schädel prangte ein Spinnennetz, zwischen den Augenbrauen ein kleiner Totenkopf. Immer wieder warf er mir ein zynisches Lächeln zu und drohte damit, Rache zu nehmen, sobald seine Freunde ihn befreiten. Er sagte, er werde mich zwingen, literweise Salzwasser zu schlucken, bevor ich krepieren dürfte. Im Gegenzug drohte ich ihm noch schlimmere Dinge an. Dann kam Chucky, um den Kerl abzuholen. Er hatte eine Vereinbarung mit der Mara getroffen: die MS-13-Geisel gegen das Baby der Ecuadorianer. Gerade als die

Reyes ihren Teil der Abmachung erfüllen wollten, fanden sie heraus, dass die Mareros den Kleinen ermordet hatten und aus der Gegend geflohen waren. Nach Los Angeles, wie sich später herausstellte. Kurz darauf fand ein Pärchen aus Mittelamerika die Leiche des Kleinkinds hinter seinem Haus. Die Hunde hatten den ganzen Vormittag Alarm geschlagen und an einer Stelle im Garten herumgeschnüffelt. Irgendwann begannen sie zu scharren. Der hinzugerufene Padre sah den aufgewühlten Boden und fand unter einer dünnen Schicht Laub und Erde den Jungen.

»Zerstückelt?«, fragte ich Chucky.

»So ist es Brauch bei ihnen …«

Den Kerl mit dem tätowierten Schädel ließen die Reyes verschwinden.

05

ICH WAR IN EINEM ALTER, in dem einem der Rest der Welt vollkommen egal ist und man sich nicht als Teil seiner Umgebung fühlt: abseits, ausgeschlossen, ein Beobachter. Fast wie im Traum, wenn man sich aus einer anderen Perspektive wahrnimmt, von oben, von unten, aber niemals durch die eigenen Augen.

Meine Jugendzeit verbrachte ich größtenteils mit Videospielen. Mal war ich etwas aktiver und wichste die Nächte durch, mal ließ ich mich hängen und schlief zwölf Stunden und mehr am Stück. Don Pascual versuchte ich zu ignorieren, was ihn nur noch wütender machte. Manchmal stieg mir das Adrenalin zu Kopf, und ich fühlte mich wie ein Superheld, glaubte, mich ihm entgegenstellen zu können, aber ich tat es nie. Hundertmal enthauptete ich ihn in Gedanken, erdrosselte ihn, zog ihm die Haut vom Leib, verbrannte ihn lebendig. Andererseits gab es auch ruhigere Zeiten, die ich wie erstarrt verbrachte, in Gedanken verloren und in erotischen Tagträumereien versunken.

Einer von den Reyes, ein Kerl namens Correcaminos, fragte wieder und wieder, ob ich denn nicht endlich Mitglied der Gang werden wolle. Ich erwiderte stets, dass ich ihnen lieber von außen zuarbeitete. Normalerweise wurde ein derartiges Zögern nicht geduldet, trotzdem akzeptierten sie mich, da ich bewiesen hatte, dass ich nicht kniff, wenn es ans Eingemachte ging. Correcaminos war groß und schlank, hatte rabenschwarzes Haar, auf der einen Seite lang, auf der anderen kurz geschoren, und vorn eine gebleichte Haartolle. Er trug hoch geschnittene Jeans und T-Shirts von den Rolling Stones. Ich mochte ihn und war auch ein bisschen neidisch auf diese Aura der Freiheit, die ihn umgab. Er machte kleine Hüpfer beim Gehen, war immer in Eile, wirkte aber gleichzeitig so, als würde er sich wegen nichts auf der Welt Sorgen machen. Ein lebhafter Kerl, der mit seinem witzigen Chicano-Spanisch sprach wie kein anderer. Seine Familie stammte aus Jalisco. Wie die Mehrheit der Reyes Latinos und auch ich gehörte er zu der ersten Generation, die auf dieser Seite der Grenze zur Welt gekommen war. Hier, wo wir hingehören und doch wieder nicht, aber wo wir eben leben. Er verkaufte Mary Jane, Koks und Pillen, konnte aber auch rezeptpflichtige Medikamente besorgen, allerdings zum Dreifachen des Apothekenpreises. Von ihm bekam ich die Schmerztabletten für Doña Elvira. Geld wollte er dafür nie.

Hin und wieder machte Chucky bei uns Kontrollbesuche. Manchmal musste ich auch bei ihm antanzen. Wenn er auftauchte, waren alle mit einem Schlag ernst. Niemand sprach, die Musik wurde leiser gestellt. Wir gaben ihm seinen Anteil unserer Einkünfte, Dollar für Dollar. Anschließend setzte er sich in seinen Wagen, ein schwarzes Modell mit getönten Scheiben, und verschwand. Ich stellte mir oft vor, dass er nach diesen Besuchen zu einer Villa mit Marmorböden, großem Pool und vergoldeten Statuen im Garten fuhr, wo ihn Nutten in Bikinis erwarteten, die Lines auf den Tischen bereitlagen und auf einem eleganten Buffet neben der Hummerplatte Champagnerflaschen in Eiskübeln kühlten. Aber so war es nicht. Chucky hatte eine Frau, vier Töchter und war katholisch. Er ging jeden Sonntag mit seiner Familie in die Kirche, alle rausgeputzt, als wären sie auf dem Weg zu einem Fest. Die Mädchen und ihre Mutter trugen pastellfarbene Kleider, züchtig bis übers Knie. Chucky beeindruckte mit einem hellen Anzug, ohne Krawatte zwar, aber dafür mit weit geöffnetem Hemd, um schamlos die Ketten auf seiner Brust zur Schau stellen zu können. Wenn Padre Alonso ihnen die Oblate auf die Zunge legte, zitterten ihm die Hände. Auch meine flatterten angesichts der großen Scheine, die sie mir in den Klingelbeutel warfen. Mamá bekreuzigte sich, wenn Chucky das Gotteshaus betrat. Dass ihr eigener Sohn mit seiner Bande verkehrte, davon erfuhr sie nie. Ich war vorsichtig. Nie wäre sie auf die Idee gekommen, dass ich etwas mit diesen Gangstern zu tun habe könnte, mit dem Abschaum von Eden. Sie wusste auch nicht, dass Padre Alonso einen Verdacht hegte, was meine Verbindung zu den Reyes betraf. Hin und wieder kam eins der Gangmitglieder zum Sündenbekenntnis und verschwand mit dem Padre für eine ganze Weile im Beichtstuhl. Später fand ich heraus, dass der Padre nur durch die Unterstützung der Reyes den Glockenturm der Kirche restaurieren und die Wände des Saals hatte streichen lassen können. Auch seine neuen Schuhe hatte er Chuckys Mannschaft zu verdanken.

»Sünden zu vergeben kann sich auch lohnen, nicht wahr, Padre Alonso?«, sagte ich einmal zu ihm.

»Ich weiß nicht, wovon du sprichst, mein Sohn«, antwortete er und bekreuzigte sich dabei. Ich zog es vor, das Thema unserer gemeinsamen Freunde nicht weiter zu vertiefen.

Correcaminos und ich gingen gern zu einer verlassenen Hütte, die wir etwas außerhalb von Eden gefunden hatten. Wir tauften diesen Ort, an den wir uns zurückzogen, wenn wir verschwinden wollten, unser Nest. Wir hatten die Baracke entdeckt, als wir mit der Beute eines 7-Eleven-Raubzugs durch die Gegend streiften und ein ruhiges Plätzchen suchten, um das Diebesgut zu vertilgen. Später wurde es für uns zur Gewohnheit, Tequila, Chips und Snickers im 7-Eleven zu klauen, wenn wir zu unserem Nest wollten. Correcaminos war der perfekte Partner für erfolgreiche Ladendiebstähle. Trotz der vielen Kameras im 7-Eleven wurden wir nie erwischt. Beim ersten Mal schlenderten wir nach unserer Selbstbedienung gemächlich auf dem Gehweg davon – alles andere wäre verdächtig gewesen –, dann spazierten wir durch die Straßen, bis wir einen Weg entdeckten, der zu einem riesigen, scheinbar unendlich großen Waldgebiet führte. Wir sogen die herrlich frische Luft in unsere Lungen und gingen weiter, frei und unbeschwert.

Ein wildes Pferd graste nur wenige Meter von uns entfernt. Es hob den Kopf und schaute uns mit seinen großen dunklen und feucht wirkenden Augen an. Dann galoppierte es los, als laufe es um sein Leben, dabei wollten wir ihm nichts Böses. Wir verfolgten es durchs Unterholz, als plötzlich wie aus dem Nichts eine Hütte vor uns auftauchte. Warum stand da mitten im Wald dieses Häuschen? Wir konnten uns keinen Reim darauf machen. Neugierig nahmen wir es in Augenschein. Es waren nur vier Wände aus altem Holz mit einem Blechdach obendrauf. Durch ein kleines Fenster lugten wir ins Innere, wo Staubkörner in den einfallenden Sonnenstrahlen tanzten und sich die Silhouetten einer Pritsche und eines Stuhls erahnen ließen. Um die Tür zu öffnen, reichte ein leichter Stoß. Der Boden war von trockenem Laub und von Dreck und Unrat bedeckt, die einzigen beiden Möbelstücke ebenfalls. Wir machten es uns bequem, tranken, aßen, rauchten. Wir unterhielten uns über andere Latinos, über Sex und noch mehr Sex, über Frauen und neue Videospiele. Dann beschlossen wir, das Pferd zu suchen, um es einzufangen und mit ein wenig Glück an einen Bauern im Umland verkaufen zu können.

»Kein Witz jetzt, Dude, ich kann echt ganz gut wiehern. Vielleicht hält der Gaul mich ja für eine Stute und kommt von allein angetrabt«, sagte Correcaminos.

»Wiehern kann ich auch.«

Breit, wie wir waren, suchte sich jeder von uns sein eigenes Fleckchen im Wald, weit vom anderen entfernt, um in die Dunkelheit hinauszuwiehern. Es war wirklich komisch, wie wir beide mit diesem lächerlichen Gewieher auf unzähmbare Kreatur machten, als würden auch wir frei und ungestüm über Felder und Weiden galoppieren. Nach einer Weile liefen wir ineinander, Correcaminos und ich, und brachen in lautes Gelächter aus.

Hungrig und heiser kehrten wir ohne Pferd zu unserem Nest zurück. Unser Rausch war verflogen, und so setzten wir die Flasche erneut an. Wir blieben die ganze Nacht in der Hütte, vertilgten die Snacks, leerten den Tequila. Wir hörten dem Gesang der Zikaden und dem Gesäusel des Windes in den Blättern der Eichen zu. Die trockene Hitze ließ uns schwitzen, bald erfüllte ein beißender Geruch den Raum.

Diese Nacht machte Correcaminos und mich zu Brüdern. Als er dann sein Messer hervorzog, dachte ich erst, er wolle mir mit der Klinge über die Handinnenfläche fahren, um Blutsbrüderschaft zu schließen. Ich war bereit. Man braucht solche Freundschaften, mindestens eine, einmal im Leben.

Aber er wollte sich nicht verbrüdern, sondern schnitzte stattdessen vier Kerben in die Holzwand.

»Na, wie viele hast du schon ins Jenseits geschickt, John Guadalupe?« Er hielt mir das Messer hin.

»Wer weiß das schon genau«, wich ich aus, weil ich noch niemanden getötet hatte.

»Quatsch nicht, Loco. Mach deine Kerben«, beharrte er.

Ich schnitzte meine Initialen ins Holz.

Meinen ersten Toten sah ich in einem See nahe Eden. Doña Elvira weckte mich in aller Herrgottsfrühe, um zeitig aufzubrechen. Sie hatte schwer zu tragen, am Arm den Picknickkorb, in ihrem Körper die Schmerzen. Als wir am See ankamen, war der Tag bereits angebrochen. Die Wasseroberfläche reflektierte die Sonnenstrahlen, sodass ich, noch schläfrig, meine Augen zusammenkneifen musste. Wir blieben einen Moment stehen und schauten uns die Landschaft an. Dann suchten wir uns einen Platz zum Picknicken. Das geblümte Tischtuch wogte im Wind, blähte sich einen Moment auf wie ein gerade geöffneter Fallschirm und sank dann im Schatten eines Baumes zu Boden. Wir verteilten den Inhalt des Picknickkorbs auf dem Stoff: Sandwiches, Chesterkäse und meine Lieblingschips.

Während Elvira ein Nickerchen machte, stromerte ich durch die Gegend, sammelte Stöcke, Zweige und kleine ungewöhnlich geformte Steine, die ich in meiner Hosentasche aufbewahrte. Ich ging näher an den See heran. Am liebsten hätte ich meine Sachen ausgezogen und wäre hineingesprungen, aber ich hatte nie richtig schwimmen gelernt. Wenige Meter von mir entfernt entdeckte ich zwischen ein paar Felsbrocken ein Bündel am Ufer. Zuerst dachte ich, es wäre ein Baumstamm oder ein großes Stück Holz. Dann tippte ich auf ein Tier, ein Schwein vielleicht, das ertrunken und anschließend aufgedunsen war. Ich schaute mich zu Doña Elvira um, aber die schlief tief und fest vor Erschöpfung, den Kopf gegen den Baumstamm gelehnt. Ich trat näher an das Bündel heran. Ein übler Geruch stieg mir in die Nase und trieb mir Tränen in die Augen. Ich würgte, war kurz davor, mich zu übergeben. Den Gestank einer Leiche vergisst man nicht, schon gar nicht den der ersten. Er ist anders als der von verendeten Hunden oder toten Ratten, sehr viel schärfer, ranziger. Wie eine Mischung aus schimmelnden Orangen, verdorbenem Käse, faulenden Eiern, Knoblauch und Lösungsmittel. So riecht der Tod. Ich hörte das Brummen der Fliegen, die ebenso neugierig um die Leiche schwirrten wie ich. Als ich mich noch ein Stück näherte, konnte ich Beine, Arme und Rumpf des Körpers ausmachen. Die seichten Wellen, die vom Wind herangetragen wurden, umspülten den Leichnam einer schlanken nackten Frau. Ihre halb geöffneten Augen blickten auf dasselbe Schauspiel wie die meinen: den See von Eden an einem sonnigen, vermeintlich friedvollen Morgen.

Ich ging zu Doña Elvira zurück. Es wunderte sie, dass ich fast nichts aß, aber sie fragte nicht nach dem Grund.

Manchmal brachte Correcaminos eine Perle namens Dawn mit in unser Nest, honigfarbene Augen, groß und schlank, das braune Haar zu einem Pferdeschwanz gebunden. Sie rauchte unentwegt Mentholzigaretten. Im Grunde war sie ein weiterer Kumpel, aber eben mit Titten und Pussy. Sie trank genauso viel Bier wie wir und rülpste mit uns um die Wette. Sie fluchte beim Reden und setzte sich ohne Gehabe auf den dreckigen Boden. Wenn ich mal allein zu unserem

Nest ging, bemerkte ich manchmal am Geruch ihrer Zigaretten, dass sie erst kürzlich dort gewesen war. Regelmäßig holte ich mir einen auf sie runter. Ich hob sogar ihre Kippen vom Boden auf und hielt sie an meine Lippen, um mir auf diese Weise vorstellen zu können, dass die ihren ganz nah an meinem Gesicht waren. Correcaminos ging nur selten mit Dawn aus. Er mochte es nicht, mit ihr in der Öffentlichkeit gesehen zu werden. Das Nest war der ideale Ort für die beiden, um Zeit miteinander zu verbringen. Ich konnte nie verstehen, warum er sich nicht mit diesem Juwel auf zwei Beinen zeigen und mit ihr angeben wollte. Danach gefragt habe ich ihn aber auch nicht. Fakt ist, hätte ich eine derartige Freundin gehabt, wäre ich überall mit ihr hingegangen, ihre Hüfte fest umschlungen, um der ganzen Welt klarzumachen, dass sie zu mir gehört. Wenn wir zu dritt zu unserem Nest gingen und die beiden rollig waren, lief ich eine Weile durch den Wald. Draußen konnte ich das lustvolle Stöhnen von Dawn hören. Manchmal spähte ich auch durch ein kleines Loch in der Holzwand und schaute zu, wie sie es miteinander trieben. Dawn gefiel es, wenn man sie an den Haaren zog und sie gleichzeitig mit der anderen Hand befummelte. Dabei warf sie niemals, wirklich nie, ihre Zigarette weg.

Nach einiger Zeit kam sie auf die Idee, mir ihre Freundinnen vorzustellen. Der Plan war, mal als Quartett zum Nest zu gehen. So kam es dann auch. Wir betranken uns und rauchten ein paar Joints. Dann verzog sich Correcaminos mit Dawn in eine Ecke. Ich und das andere Mädchen taten dasselbe. Als ich die Augen öffnete und zur gegenüberliegenden Seite hinüberblickte, sah Dawn mich an, während der vor ihr stehende Correcaminos sie an die Wand gelehnt vögelte. Ein paar Sekunden verharrten wir so, und es war, als wäre ich mit ihr und sie mit mir, so kam es mir zumindest vor. Dann zerriss ein Schrei unseren Moment. Es war Dawns Freundin, die sich mit einem Satz aus ihrer knienden Position befreite und zeterte, weil ich sie an den Haaren gezogen hatte.

Eines Nachmittags gingen Dawn und ich allein zu unserem Unterschlupf. Sie hatte mir von einem Streit mit meinem Kompagnon erzählt. Wir verabredeten, uns ein paar Gläser zu genehmigen und über den Beziehungsstress zu sprechen, bei dem es wohl hauptsächlich um seine Eifersucht ging. Wir quatschten, lachten, tranken und knutschten. Als sie mich bat, ihren Pferdeschwanz zu packen und daran zu ziehen, kam ich. Zurück blieben nur die fast leere Flasche Tequila und jede Menge Mentholkippen mit lippenstiftrot gefärbten Filtern.

An Correcaminos dachte ich keine Sekunde.

Ich schloss die Highschool als einer der Besten meines Jahrgangs ab. Doña Elvira hängte die Urkunde mit der Unterschrift des Schulleiters und einem Foto von mir an die Wohnzimmerwand. Ich sehe gut aus auf dem Bild, ernst und gestriegelt. Ich lernte wie verrückt, nahm aktiv am Unterricht teil, reichte pünktlich meine Hausaufsätze ein, befragte nach den Stunden die Lehrer zum Stoff. Kurzum: Ich tat all die Dinge, die nötig waren, um am Ende die Nase vorn zu haben.

Im letzten Schuljahr mussten alle einen Test zur beruflichen Orientierung absolvieren. Mir wurde eine Zukunft in der Chemiebranche vorhergesagt, aber ich entschied mich dann für die Gastronomie, auch eine Art Wissenschaft, nur etwas leichter. Ich hatte ein Händchen für alles Kulinarische.

Erfolgreich bewarb ich mich an der Kochschule Eden, wofür mich die Reyes ununterbrochen aufzogen. Kochen sei schließlich nur etwas für alte Weiber und Schwuchteln, sagten sie. Durch die Schule hatte ich ein großes Interesse an allem, was mit Nahrungsmitteln zu tun hatte, und traute mich sogar an diverse Experimente heran. Ich kombinierte pflanzliche Eiweiße mit einfachen Zuckern, komplexe Kohlenhydrate mit halluzinogenen Wüstenpflanzen.

Ich lernte, Gaumen zu entzücken, und gab alles, damit meine Gerichte bei der am Semesterende stattfindenden Messe der internationalen Küche prämiert wurden. Am Tag der Zeugnisübergabe trug ich eine schwarze Hose, eine weiße Kochjacke und eine neue Toque, ein Anblick, der Doña Elvira mit Stolz erfüllte. Ich hatte neben meinem gebackenen Truthahn mit Waldfruchtmarmelade an Wildreis und Thymian-Kartoffelschaum Stellung bezogen, um den Anwesenden, fast ausschließlich Eltern oder Familienangehörige der Auszubildenden, den Zubereitungsprozess zu erläutern.

»Wählen Sie den stattlichsten Truthahn aus dem Angebot aus. Bei diesem Schritt sollten Sie besonders aufmerksam sein, auch wenn er ein bisschen Zeit erfordert. Zuerst sehen Sie sich das Angebot an, dann betasten Sie das Fleisch, riechen an den Eingeweiden, kosten, falls notwendig, das Blut. Folgen Sie Ihrem Instinkt. Er wird Sie zum besten Kandidaten führen.«

Nicht wenige standen Schlange, um von diesem toten Vogel zu kosten, den ich aus seinem natürlichen Daseinszustand gerissen und in etwas Essbares verwandelt hatte. Tote Körper regenerieren sich beim Kontakt mit Verdauungsenzymen und Magensäften, erwachen zu neuem Leben, wenn sie in einen anderen lebenden Organismus eintreten. Dieser Gedanke faszinierte mich derart, dass ich ihn vor meinem Publikum auffächerte, um es zu beeindrucken.

»Halten Sie einen Moment lang inne, um sich zu vergegenwärtigen, dass ein kleiner Teil dieses Truthahns ein

Teil von Ihnen werden wird, dass seine Bestandteile durch Ihr System wandern. Möglich ist das, weil das Fleisch und das Blut der von mir zubereiteten Tiere zu Ihrem eigenen Fleisch und Blut werden, und zwar mittels eines im Grunde kannibalistischen Aktes. Manche leben in den Gedanken anderer fort, in ihren Träumen oder Fantasien. Ich als Koch bleibe in den Eingeweiden derjenigen, die meine Gerichte verspeisen. Nicht nur weil ich die Mahlzeit selbst zubereitet habe, nein, sondern weil beim Kochvorgang abgestorbene Hautschuppen, Splitter meiner Fingernägel und auch der ein oder andere Schweißtropfen im Essen landen.«

Nach und nach zogen sich die Leute von meinem Stand zurück, nicht wenige mit angewiderter Miene.

Weniger exzentrisch ausgedrückt, ist ein Koch jemand, der als Beruf und aus Berufung Speisen kreiert, zubereitet und abschmeckt. Genau das wollte ich sein. Zur Komplettierung der Ausbildung musste ich Praktika in diversen Restaurantküchen absolvieren. Natürlich standen anfangs die unvermeidbaren Mistigkeiten auf dem Programm: Pfannen spülen, Arbeitsflächen reinigen, Kartoffeln schälen, Karotten schaben. So konnte ich aus nächster Nähe beobachten, wie die Profis mit Lebensmitteln umgehen und welche Rolle das Thema Hygiene spielt. Ich lernte viele gut gehütete Geheimnisse der Restaurantküche kennen, erfuhr Dinge, die weit über die Geschichten von Kakerlaken und Ratten zwischen den Kochtöpfen oder chinesischen Gerichten mit Hundefleisch hinausgingen. Später in meiner Ausbildungszeit ließ man mich auch den Kochlöffel schwingen.

Mein Ziel war jedoch, endlich eigenes Geld zu verdienen. Einen Sommer lang bot ich meine Dienste in unserem Viertel an, um bei Taufen, Hochzeiten, Quinceañeras und sogar Bestattungen für das leibliche Wohl zu sorgen. Ich überzeugte meine Kunden, die richtige Wahl getroffen zu haben, versicherte ihnen, dass meine Speisen sie glücklich machen würden, und zwar in allen Phasen: Verköstigung, Verdauung und Ausscheidung.

»Schließen Sie bitte kurz die Augen und riechen Sie an den Köstlichkeiten vor Ihnen«, sagte ich zu meinen Auftraggebern, auch wenn sie nur einen Teller mit Reis und Bohnen vor sich hatten. »Was riechen Sie?«

Die Leute gaben unfassbar absurde Antworten von sich, es rieche nach Taco-Stand, Schafsköteln, Cajeta-Karamell, Salamipizza, Vagina. Diese Show zog ich auf mehreren Silberhochzeiten ab, Veranstaltungen, die für gewöhnlich noch langweiliger waren als die Predigten von Padre Alonso. Die Idee hatte ich von einer Fernsehsendung, in der der Moderator behauptete, im Dunkeln zu essen, sei eine unvergesslich sinnliche Erfahrung, die man mindestens ein Mal im Leben gemacht haben sollte. Absolute Aufschneiderei, aber meinen Kunden gefiel es. Ich bat sie, sich die Augen mit Stoffservietten zu verbinden, damit sie nicht sahen, was ich servierte. Das Spiel bestand darin, verschiedene Gerichte zu probieren und nur auf Grundlage des Geschmacks zu erraten, um welche es sich handelte. Einem stellte ich Rosenkohl hin, den er nicht erkannte. Ein anderer verwechselte Thunfischmousse mit Innereien. Besonders erheiterte es mich, den Damen eine ganze Chorizo zu reichen und mir dabei die Phallus-Assoziationen der Kandidatinnen auszumalen. Wenn ich den Gästen die Binde abnahm, waren sie immer überrascht, welche Gerichte sie nicht hatten erschmecken können, obwohl sie sie oft aßen, und welche sie auf Anhieb erraten hatten. Am Ende bedankten sich alle, dass ich ihre Sinne zu neuem Leben erweckt hatte.

Einmal war ich bei einer Feier ohne Gastgeber. Der Mann tauchte den ganzen Abend über nicht auf. Seine Ehefrau hatte die Festivität vorbereitet: gedeckte Tische, Blumen, Getränke. Stunde um Stunde verging, und ich wartete vergeblich auf ihr Signal zum Servieren der Speisen. Die Dame des Hauses, sie hieß Enriqueta, brachte das Gewicht einer Kuh auf die Waage und trug ein unsägliches Kostüm in Türkis mit dazu passendem Lidschatten. Zwischen den geschwollenen Lidern blitzten winzige rot unterlaufene Äuglein hervor. Sie rief den Gatten an, hinterließ ihm verzweifelte Nachrichten. Kurz nach zehn war eine allgemeine Unruhe unter den Gästen zu spüren. Ich versuchte, sie mit mehr Bier und mehr Tequila vom Hunger abzulenken. Die Minuten verstrichen, doch dann gab Enriqueta das Zeichen, das Essen aufzutragen. Ich hatte ein wirklich phänomenales Taco-Menü vorbereitet: roter Reis, Huhn mit Schoko-Chili-Soße, in Streifen geschnittene Poblano-Paprika, Hähnchen-Tinga. Kaum waren sie mit dem Nachtisch, einem Karamellpudding, fertig, verabschiedeten sich die von der Abwesenheit des Gefeierten irritierten Gäste. Enriqueta kam in die Küche, wo ich mit Aufräumarbeiten beschäftigt war. Sie leerte die noch halb vollen Gläser der Eingeladenen und stopfte sich hastig die Reste von den abgeräumten Tellern in den Mund. Ohne Vorwarnung begann die Dicke plötzlich, ihre Kleidung abzustreifen, offenbar um mich zu verführen. Ich blieb wie angewurzelt stehen und schaute zu, wie sie sich mühsam aus dem Stoff schälte. Sie warf den hautfarbenen BH in Fallschirmgröße in die Ecke, der Slip im selben Farbton baumelte kurz darauf an einer Stuhllehne. Mit einer hastigen Bewegung fegte sie die Teller vom Tisch und machte es sich seitlings darauf bequem. Ihr Bauch thronte wie ein riesiger Ballon, der schon einiges an Luft verloren hatte, auf der

Tischplatte. Sie begann, ihre hängenden Brüste zu befingern, streichelte sie mit plumpen Kreisbewegungen und kniff sich in die Nippel. Dann fuhr sie mit den Händen an ihrem Körper entlang, ließ ihre Finger hinab zu Hüfte und Pobacken wandern. Ungeniert öffnete sie die Beine. Dass ihre Haare und teils auch das Gesicht von Soße verschmiert waren, merkte sie offenbar nicht. Sie bat mich, näher zu kommen. Dann schob sie meine Schürze hoch und öffnete den Reißverschluss meiner Hose. Dankbar wie alle Frauen mit Übergewicht, legte sich Enriqueta mächtig ins Zeug, mich zu verwöhnen. Die Fleischrollen beiseite zu schieben, um in sie eindringen zu können, war nicht ganz einfach, aber die Mühe lohnte sich.

Ich nahm ein Glas mit einem Rest Café de Olla zur Hand und schüttete einen Schuss Rizinusöl hinein, das ich wegen seiner Wunderwirkung für Haut und Haar immer bei mir trug. Wie es aussah, würde Miss Piggy nämlich den folgenden Tag mit Buße für ihre Exzesse verbringen.

»Hier, trink das, Mamacita. Das erspart dir den Katzenjammer.«

Die Dicke stellte mir mehrere Wochen lang nach, um immer wieder meine Dienste in Anspruch zu nehmen. Sie bezahlte gut, aber irgendwann wurde es mir zu anstrengend. Außerdem hatte ich wenig Lust, dass der Ehemann davon Wind bekam.

Als ich eines Nachts ausgelaugt von einem Tête-à-Tête mit ihr nach Hause kam, entdeckte ich beim Surfen im Internet das Stellenangebot der Polunsky Unit.

»Das texanische Justizministerium sucht einen ausgebildeten Koch (m) mit mindestens zwei Jahren Berufserfahrung für die Zusammenstellung und Zubereitung der Mahlzeiten in einer Haftanstalt. Bewerber müssen fließend Englisch und Spanisch sprechen.«

Wie kam jemand auf die Idee, eine derartige Anzeige ins Internet zu stellen? Egal. Ich füllte das entsprechende Formular aus und schickte ihnen die geforderten Informationen zu meiner Person. Nach einiger Zeit rief mich ein gewisser Giovanni Bosco an und führte mit mir ein telefonisches Vorstellungsgespräch. Der Mann kam mir etwas merkwürdig vor, aber ich sagte ihm einfach das, was er hören wollte. Einen Monat später meldete er sich erneut, um mir mitzuteilen, dass man mich für die Stelle ausgewählt habe und nun die entsprechenden Schritte einleiten werde.

So kam ich zu meiner Arbeit im Staatsgefängnis Allan B. Polunsky Unit, einem Supermax-Gefängnis mit dem höchsten Sicherheitsstandard der USA, in dem es Einzelhaft (de facto Isolationshaft) und einen Todestrakt gab.

Am Tag vor meiner Abreise bereitete Elvira mir ein besonderes Essen zu. Sie holte das weiße Leinentischtuch hervor, das sonst nur selten zum Einsatz kam, und stellte Blumen auf den Tisch. Wir sprachen kaum. Sie sah mich traurig an, als würde ihr durch meinen Weggang eine Extremität aus dem kranken Körper gerissen. Dann gab sie mir ein Foto von sich, das ich später in meine Keksdose legte. Das Papier war vergilbt und schon sehr dünn, die Kanten abgegriffen. Sie sagte, es sei das einzige Bild, das sie von sich selbst aufbewahrt habe, sie möge keine Fotografien von sich. Die Oma habe sie immer gewarnt, das sei alles Hexerei und böser Zauber. Sie wirkte sehr ernst auf dem Abzug, blickte verloren auf irgendwen oder irgendwas in der Ferne. Ich hätte nicht sagen können, ob sie zum Zeitpunkt der Aufnahme fünfzehn oder vierzig Jahre alt war.

Lauro González, sechsundzwanzig Jahre alt. Verurteilt wegen Mordes an einem Mann, dem er eine Waffe und Kokain zu stehlen versuchte. Nach mehreren Schlägen mit einem Knüppel hatte González das Opfer mit einem Schuss in die Brust getötet.

Letzte Mahlzeit: ein Glas Milch, zwei Toastscheiben, Makkaroni mit Käsesoße und Speck.

Letzte Worte: »Ich bitte meine Familie um Vergebung. Vertraut euch Jesus an und findet Frieden. Weine nicht, Mutter.«

06

IM BUS SETZTE SICH eine ältere Señora neben mich, der ich das Bedürfnis nach einem Pläuschchen während der Fahrt gleich anmerkte. Um jeglichen Versuch der Kontaktaufnahme zu unterbinden, tat ich so, als würde ich mich ausruhen, und schloss die Augen. Ein unfehlbares Manöver, um mich aus einer Situation auszuklinken, das ich schon als Kind angewandt hatte, wenn ich ins Bett getragen werden wollte. Dazu stellte ich mich schlafend und ließ, sobald mich jemand hochhob, Arme und Beine nach unten baumeln wie eine willenlose Lumpenpuppe. Ich lernte schnell, dass ich eine möglichst natürlich wirkende Position einnehmen musste. Außerdem war es wichtig, normal, aber tief zu atmen, ohne allzu viele Geräusche. Ab und an galt es, eine kleine Bewegung und ein leichtes Seufzen einzustreuen. Unter keinen Umständen, ganz gleich, wie quälend die Neugier auch sein mochte, durfte ich die Augen öffnen oder die Lider zusammenpressen. Schnarchgeräusche sollten immer nur aus der Nase, nie aber aus dem Rachen zu hören sein. Plötzliche Bewegungen mussten vermieden werden. Wenn ich gefragt wurde, ob ich schlafe, murmelte ich Unverständliches und änderte die Position, als läge ich gerade unbequem, um weiter »schlafen« zu können. Mit dieser über die Jahre perfektionierten Technik konnte ich die Gespräche von Pascual und Elvira belauschen und erfuhr so eine Menge Geheimnisse, die mich in meinem Alter überhaupt nichts angingen. Onkel Pancho hatte seine Adoptivtochter geschwängert. Irgendeine Cousine war mit einem jungen Kerl durchgebrannt, von dem sie ein Baby erwartete. Pascual war selbst ein uneheliches Kind. Irgendein Neffe hatte seinem Arbeitgeber Vieh gestohlen. Die blauen Flecken von Doña Elvira stammten nicht von Unfällen im Haushalt oder Treppenstürzen ... Zu gern würde ich heute einige dieser Informationen von meiner Festplatte löschen, aber niemand kann sich aussuchen, welche Erinnerungen, Bilder und Szenen einem bis zum Lebensende im Gedächtnis bleiben. Sich schlafend zu stellen, ist in etwa so, als würde man von innen schauen, was draußen geschieht. Die Augen geschlossen zu halten, bedeutet nicht, nichts mehr zu sehen. Ganz im Gegenteil, durch diese freiwillige Blindheit erfährt man sehr viel mehr als mit geöffneten Augen.

Doña Elvira nahm mich oft in die Arme, um mich ins Bett zu tragen, und manchmal sabberte ich dabei absichtlich auf ihre Bluse. Ich sog den Duft ihrer Haut ein und wünschte mir jedes Mal, dass sie mich noch ein bisschen länger an sich gedrückt halten möge. Wenn ich heute an ihren Geruch nach frischer Wäsche und lauwarmer Muttermilch denke, wäre ich gern in der Lage, die passenden Zutaten zu finden, um aus dieser Kombination etwas Essbares zu kreieren, eine Salsa vielleicht. Auf diese Weise könnte ich mir die Erinnerung einverleiben.

Das Haus meiner Kindheit, das Viertel meiner Jugendtage, die Freundschaften und Bekanntschaften – ich ließ alles zurück, für immer und ewig, in Eden, Texas. Auf halber

Strecke zog ich einen Ratgeber hervor. *Die Mäusestrategie – Veränderungen erfolgreich begegnen.* Dieses Buch war mir in der Bibliothek in die Hände gefallen. Eigentlich hatte ich nur ein paar einfache Rezepte recherchieren wollen, aber der Titel war so ansprechend, dass ich das Büchlein kurzerhand in meinen Rucksack steckte. Einen Kaugummi zu stibitzen, sei genauso schlimm, wie ein Auto zu stehlen, so predigte es Padre Alonso wieder und wieder. Aber ich war da anderer Meinung. Jemanden grundlos zu verprügeln und jemanden zu erstechen, weil er es verdient, das ist ein großer Unterschied. Verbrechen gibt es in verschiedenen Abstufungen, genau wie alles andere im Leben auch. Es existieren unzählige Arten von Delikten, nicht alle können auf ein und dieselbe Art bestraft werden. Den dünnen Band zu stehlen, war eine unbedeutende Bagatelle und schadete niemandem. Das Buch wurde mir zu einem treuen Begleiter.

Der Frühling hatte begonnen. Bei meiner Ankunft in West Livingston empfing mich wabernde Hitze, schwer und unsichtbar. Ich ging zu Fuß zu meiner Zieladresse: 272 Crescent Street. Gebäude und Umgebung hielten nicht, was die Fotos im Internet versprochen hatten. Das Kaffeebraun der Fassade, das Grün der Bäume, nichts davon war so intensiv wie am Bildschirm. Der Vermieter, ein auf den ersten Blick übellauniger Kerl, begrüßte mich. Sein mahagonibraun gefärbtes Haar war rausgewachsen, und weiße Ansätze zeichneten sich ab. Seine Haut war fast transparent, die Augen hell.

»Ontuno, richtig?« Er gab mir die Hand und stellte sich als Bob vor.

Hinter einer Tür im Eingangsbereich des Gebäudes gab es ein kleines Büro, in dem wir Platz nahmen. An der Wand hinter dem ausgelaugt wirkenden Alten hing ein trauriges Bild: eine orangefarbene Wüste mit einer Oase in der Mitte. Ich kramte meinen Ausweis hervor, zeigte ihn meinem Gegenüber und unterzeichnete den Mietvertrag. Anschließend führte mich Bob durch lange Flure mit Unmengen identischer Türen zu meinem neuen Domizil, einer Wohnung im zweiten Stock. Er gab mir die Schlüssel und verschwand.

Ich ging hinein.

Es war ein kleines Apartment, das mich an eine Muschel erinnerte. Nur wenig Licht fiel durch die Fenster ins Innere. Es gab ein Sofa, ein Einzelbett, einen Tisch für vier mit zwei wackeligen Stühlen. Immerhin war der Herd in der Küche mit einer Grillplatte ausgestattet.

Manche beurteilen ihre Mitmenschen auf Grundlage der Musik, die sie hören, der Bücher, die sie lesen, der Kleidung, die sie tragen. Für mich zählen nur der Kühlschrank und die Speisekammer. Dort lässt sich nicht nur etwas über die Vorlieben, sondern auch über die Gewohnheiten in puncto Sauberkeit, Vorratshaltung und Ernährung erfahren. Auch die Geheimnisse zwischen den Eiswürfeln im Gefrierfach sprechen Bände über den Charakter. Die Küche, so unbestückt, wie sie war, machte einen wirklich trostlosen Eindruck. Um mich nicht herunterziehen zu lassen, ging ich ein paar Dinge einkaufen und dann etwas essen.

West Livingston ist eins dieser Städtchen, in denen man gern so tut, als sei alles vollkommen normal und laufe so wie in anderen Orten auch – wahrscheinlich gerade wegen Polunsky Unit und Todestrakt. Fahrrad fahrende Jugendliche auf den Straßen, Fußball spielende Kinder in den Parks, gemächlichen Schrittes spazierende Alte, Señoras, die im Supermarkt die Vorräte für das traute Heim einkaufen, während die Ehemänner der Mittelschicht mit ihren Bürojobs ausreichend verdienen, um sorgenfrei und bis zum Ende ihrer Tage auf Pump leben zu können.

Auf der Terrasse eines Hauses saß ein alter Mann mit Zigarre in einem Schaukelstuhl, wippte vor und zurück und wartete darauf, dass die Zeit verging. Ein Stück weiter hockte eine Frau mit Strohhut und Gartenhandschuhen in einem Beet und schnippelte an den blauen Wiesenlupinen vor ihrem Haus herum. Ab und an musste sie sich mit dem Unterarm die Schweißtropfen von der Stirn wischen. Das Schnippschnapp der Gartenschere gab den Rhythmus der nachmittäglichen Ruhe vor.

Die Hauptstraße, nur ein paar Blöcke von meiner Wohnung entfernt, war eher schmal und wurde beidseitig von ein- bis zweistöckigen Gebäuden gesäumt. Neben einem Immobilienbüro, einem Friseurladen, einer Post und einigen anderen Geschäften gab es dort auch einen Zahnarzt und eine Fahrradwerkstatt.

An jenem Nachmittag hörte ich in einiger Entfernung ein Banjo. Ich folgte den Klängen, bis ich zur Quelle der Musik gelangte. Ein Schwarzer, der nach Urin roch, entlockte dem Instrument kunstfertig eine Melodie nach der anderen. Im Gefängnis stünden dem Mann drei Mahlzeiten und eine warme Dusche pro Tag zu, außerdem ein Kurzhaarschnitt im Monat, eine Rasur pro Woche (nur unter Aufsicht, versteht sich) und ein mehr oder weniger akzeptables Bett. In meinem *Mäusestrategie*-Ratgeber stünde vermutlich, dass der wahre Reichtum im Herzen und im Bauch zu finden ist, nicht so sehr in der Brieftasche. Oder etwas in der Art zumindest.

In einiger Entfernung hob sich ein baufälliges Gebäude von der Umgebung ab. »Movies« stand in riesigen Buchstaben auf der Fassade. Das S am Ende hing bereits derart schief, dass es nur eine Frage der Zeit war, bis es auf die Straße krachen würde. Ich kannte die Geschichte des Kinos und wusste von den Jugendlichen, die vor vielen Jahren bei der Premiere von *Der Pate* im Saal geraucht hatten. Während auf der Leinwand Don Corleone mit seinem sizilianischen Akzent die Blicke auf sich zog, verbrannte einer der Zuschauer seinem Nebenmann unbeabsichtigt mit der Zigarettenkippe den Arm. Der Geschädigte tat es ihm gleich, und während sich die Grenzen zwischen Spiel und Rache auflösten, war schon bald die gesamte Clique in einen Streichholzkampf verwickelt, bei dem sie sich gegenseitig versengten und dann die Kinositze und in der Folge den gesamten Saal in Brand steckten. Die Sirenen der Feuerwehr dröhnten in den Ohren der Zuschauer, mit ihren Schläuchen setzten die Helfer das gesamte Kino unter Wasser, und draußen starrten Passanten und Gäste gleichermaßen perplex auf das traurige Spektakel, von dem die Einwohner des Ortes heute noch erzählen. Ich ging weiter und kam kurz darauf zu einer eher kleinen Geschäftsstelle der First State Bank. Vor den soliden Glastüren standen zwei ungewöhnlich große Wachleute, die sehnsüchtig dem Feierabend und der geplanten Pokerrunde entgegenfieberten. Der Geldautomat funktionierte nicht.

In jeder Stadt gibt es einen Ort des Lasters und der Leere, an dem sich die Einwohner versammeln, um ihre Einsamkeit, ohne es selbst zu wissen und eigentlich auch nur für einen Moment lang, mit anderen zu teilen oder vor ihnen zu verbergen. West Livingston hatte gleich zwei solcher Anlaufstellen: das Black Rose, eine Bar, in der man Country und Western hört, Hochprozentiges trinkt und Billard spielt. Und das familienfreundlichere Paradise Coffee.

Im Paradise sah ich mir die Anwesenden etwas genauer an. Die junge Dame mit den blau gefärbten Strähnen, der tätowierte Bursche hinter der Bar, das Mädchen mit den grellen Schuhen, die Mutter mit dem abwesenden Blick und dem kleinen Jungen auf dem Arm, der Alte mit dem nikotingelb gefärbten Schnurrbart, der Hüne mit den Muskelbergen unter dem drei Nummern zu kleinen T-Shirt. Alle so gewöhnlich, so langweilig. Es roch nach frisch Gebackenem. Ich setzte mich an einen Tisch im Außenbereich und bestellte. In kleinen Schlucken trank ich meinen Kaffee und verschlang ein noch ofenwarmes Croissant mit Butter und Marmelade. Als ich meinen *Mäusestrategie*-Ratgeber aufschlug, um nachzuschauen, was er mir für diesen Tag empfahl, stieß ich die Tasse auf meinem Tisch um. Das dunkle Rinnsal lief auf dem Boden an einem Paar schwarzen Damenschuhen mit flachen Absätzen vorbei, die auch von meinem Kaffee besudelt waren. Ich sah auf und entdeckte zwei wohlgeformte Beine, die in eine schlanke Taille und einen fantastischen Busen übergingen, an dem mein Blick kurz hängen blieb, um schließlich beim Gesicht der Schuhbesitzerin zu landen.

»Sorry«, sagte ich dümmlich.

Sie hatte blondes kinnlanges Haar. Ihre Haut war weiß, die Augen blau, das Gesicht, vor allem auf der Nase, voller Sommersprossen. Ihre Lippen waren fein, aber perfekt geformt. Ich musterte sie noch einmal von Kopf bis Fuß und genoss den Anblick mindestens so sehr wie das Croissant kurz zuvor. An was sie wohl dachte, während ich darüber nachdachte, was sie gerade dachte?

Sie hieß Catherine. Ich setzte mich aufrecht hin, drückte das Kreuz durch und erklärte ihr, dass ich neu im Ort sei und gerade einen Arbeitsvertrag als Gefängniskoch unterschrieben hätte.

»Ein Privatkoch für Straftäter, bezahlt von unseren Steuergeldern?«, erwiderte sie irritiert.

Ich wollte mich mit dieser Schönheit sicher nicht streiten und bot ihr stattdessen an, auch sie einmal privat zu bekochen, wann immer sie wolle. Das entlockte ihr ein Lächeln. Anschließend erzählte sie mir, sie sei die Leiterin der Bankfiliale und ihre Mittagspause sei nun zu Ende. Ich schlug vor, sie zurück zur First State zu begleiten.

Blondinen haben mir schon immer gefallen. Aber auch dunkle Typen, Europäerinnen und Asiatinnen. In der Highschool hatte ich eine Freundin mit chinesischen Wurzeln, Yin-Xia. Zum Entsetzen meiner Mutter freilich, die sich für ihren Sohn immer eine Partnerin aus der Heimat gewünscht hatte. Yin-Xia hatte wunderschöne Augen, sprach jedoch nicht gut Englisch, was allerdings auch nicht nötig war. Unsere Romanze dauerte mehrere Monate, in denen mich Yin-Xia im Einmaleins der fernöstlichen Liebeskünste unterrichtete. *Den Kopf halte immer kühl, das Herz stets heiß, die Hand allzeit bereit.*

»Ich möchte, dass du Konfuzius liest«, trug sie mir eines Tages auf.

»Und ich möchte, dass du Schweinereien mit mir machst«, erwiderte ich kühn, ohne auf ihren Wunsch einzugehen.

Yin-Xia oder Julia, wie ich sie lieber nannte, machte alles und ließ alles mit sich machen, was ich von ihr verlangte. Ich verband ihr die Augen. Ich setzte ihr Perücken auf. Ich schob ihr den Riemen in alle Öffnungen. Ich verkleidete sie als Nonne, als Schulmädchen oder Mangafigur, aber am besten gefiel es ihr, sich von mir an strategischen Punkten die Haut mit Essstäbchen abklemmen zu lassen. Sie säuselte mir Schweinereien auf Kantonesisch ins Ohr, tanzte für mich, lutschte, spuckte, würgte, trug mich hinauf in den fernöstlichen Liebeshimmel und wieder zurück auf die Erde.

Ihr Vater war ein einflussreicher Geschäftsmann und Inhaber des größten Supermarkts für Importwaren in Eden. Er wollte Julia wieder nach China verschiffen, um sie dort mit einem über fünfzigjährigen Landsmann zu verheiraten. Um das zu verhindern, zeigte ich ihn anonym wegen Diebstahls beim Sheriff an. Ob das der Auslöser für den Herzinfarkt des Alten war, weiß ich nicht. Fakt ist, der Mann erholte sich nicht wieder, und Julias Familie reiste ab, auf Nimmerwiedersehen. Meine chinesische Freundin und ich, wir konnten uns nicht einmal verabschieden. Schade. Dabei hatte ich sie doch bitten wollen, beim letzten Oralsex Konfuzius zu zitieren.

Auf dem kurzen Weg zurück zur Bank schwiegen Catherine und ich. Ein Gespräch in Gang zu bringen, gehört nicht gerade zu meinen Stärken. Selbst die auswendig gelernten Passagen aus dem Mäusestrategieratgeber, die sich in dieser Situation sicher angeboten hätten, um eine Unterhaltung zu beginnen und mit Weisheiten zu glänzen, wollten mir nicht einfallen. *Wenn du erkennst, dass du neuen Käse finden und genießen kannst, änderst du deinen Kurs, Cathy. Lass es mich so erklären, meine Schöne, wenn du die kleinen Veränderungen rechtzeitig bemerkst, kannst du dich besser an die großen bevorstehenden Veränderungen anpassen.*

Aber nein, niemand von uns sagte ein Wort, während wir einen Häuserblock nach dem anderen hinter uns ließen. Sie schien die vorgegaukelte Ruhe von West Livingston gewohnt zu sein. Ich versuchte, meinen Blick auf das zu konzentrieren, was ihre Augen sahen: ein Hund, ein Graffito, ein Kerl in Sportklamotten direkt vor uns, eine Werbetafel für eine Seniorenresidenz. Ob sie wohl gerade darüber nachdachte, an diesem Ort ihre letzten Tage zu verbringen? Oder sah sie sich einfach nur die faltigen Gesichter des älteren Paars auf der Werbetafel an? Ich begann zu philosophieren: Wir werden niemals sehen, was andere sehen, ganz gleich, wie sehr wir auch versuchen, sie zu verstehen, und uns bemühen, in die Schuhe unseres Nächsten oder unseres Gegenübers zu schlüpfen. Wir können es uns vorstellen, es versuchen, werden aber nie mit Haut und Haaren das Fremde erfahren.

Wir kamen an einer Feuerwache vorbei, deren Fahrzeuge sicherlich öfter ausrückten, um Katzen aus Bäumen zu holen, als um Brände zu löschen. Ich gab mir einen Ruck und begann zu reden, genauer gesagt zu flunkern. Ich hätte im Cordon Bleu in Paris mein Handwerk gelernt und sei Eigentümer eines libanesischen Restaurants. Cathy sah mich neugierig an. Sie sprach gut Spanisch, aber ich hatte das Gefühl, dass es sie dennoch Anstrengung kostete, meinen Worten zu folgen, und dass einiges in dem uns trennenden Sprachgraben verloren ging.

Doña Elvira und ich waren vor längerer Zeit einmal gemeinsam nach Michoacán gefahren, nach Cuitzeo, um meine Oma zu besuchen, die im Sterben lag, was sich wie jedes Jahr als falscher Alarm herausstellte. Elvira konnte nicht allein reisen und bat mich, sie zu begleiten. Ich lernte ihren Geburtsort kennen, die Gegend ihrer Kindertage, das Lädchen an der Ecke und ihre Schule, die mittlerweile als Bürokomplex der Stadtverwaltung diente. Dort schien meine Mutter glücklich, was sonst nur selten der Fall war. In ihrem Barrio, mit ihren Leuten, erfüllt von dem Wunsch zu bleiben, anstatt in die Staaten zurückzukehren. Aber sie wusste, dass Don Pascual fähig war, ihr nachzureisen und sie an den Haaren wieder gen Norden zu schleifen, und mich gleich mit. Nach drei Tagen kannte ich in Cuitzeo, dem Geisterstädtchen, alle Ecken und Winkel. Ich überzeugte Doña Elvira und meine Oma, dass es doch eine tolle Gelegenheit für mich wäre, Mexiko-Stadt zu besuchen. Die Stadt, die ich mir grau am Tag und grell in der Nacht vorstellte, mit hohen und weniger hohen Gebäuden, Esplanaden voller Menschen.

Ich nahm in aller Frühe den Bus und kehrte einen Tag später mit ebendiesem auch wieder zurück. An den bunten Essensständen auf den Gehwegen probierte ich frittierte Tortillas mit köstlichen Füllungen, es war ein Fest. Anschließend lief ich mit farbenfrohen Pepitorias zum Nachtisch in der einen und hellblauer Zuckerwatte in der anderen Hand durch den Alameda-Central-Park. Dort wurde ich von einem Fremdenführer, der auf orientierungslose Touristen wie mich spezialisiert war, zu einer kostenlosen Führung durch eine Ausstellung im Museo de Bellas Artes eingeladen. Es sollte um altniederländische Meister gehen, was mich stutzig machte, da die Niederlande meines Wissens nie einen großen Titel gewonnen hatten. Wie ich kurz darauf erfahren sollte, ging es in der Ausstellung nicht einmal ansatzweise um Fußball. Im Museum strebten die ausländischen Touristen, und ich mit ihnen, der Hauptattraktion entgegen: *Der Turmbau zu Babel.* Die Geschichte dahinter kannte ich bereits, da Padre Alonso uns oft aus der zugrunde liegenden Bibelpassage zitiert hatte. Wie jedoch Gott selbst den Turmbau hatte verbieten können, wollte mir nicht in den Kopf.

»Ist es nicht eigentlich so, dass Gott die Menschen dazu einlädt, ihm nahe zu sein, Padre Alonso?«, fragte ich ihn nach meiner Rückkehr.

»Damals bestrafte er sie für ihren Hochmut«, lautete die Antwort.

Davon hätte ich Catherine vielleicht erzählen können, aber ich kam nicht darauf. Wer eine andere Person kennenlernt, schlüpft unweigerlich in eine Rolle und schauspielert. Man präsentiert sich von seiner besten Seite, lächelt und ist freundlich, versucht, unterhaltsam und vielleicht sogar witzig zu sein. Das tat ich zumindest, na ja, im Rahmen meiner Möglichkeiten eben. Einer Fremden würde ich nie im Leben von meinen seltsamen Gelüsten erzählen, ebenso wenig von meiner Neigung, eigenartige Zutaten in die Speisen zu geben oder die Nagelhäutchen an meinen Fingern und Füßen abzukauen. Auch kein Sterbenswort darüber, dass ich mich manchmal gern in einem Turm verkriechen würde, wie dem von Babel, weil ich nicht immer genau verstand, was dort draußen in der Welt vor sich ging.

»Woher kommst du eigentlich?«, fragte Cathy.

(Aus Michoacán und aus Eden, von der Grenze oder weiß der Henker woher. Meine Mamá hatte alles für Don Pascual riskiert. In diesem Zustand Tag und Nacht zu laufen, die Füße geschwollen und blutig gescheuert, mit Rückenschmerzen, bei Kälte, bei Hitze, ständig durstig, muss die Hölle gewesen sein. Die Kojoten, diese elenden Schleuser, sind ehrlose Mistkerle und machen vor niemandem halt, weder vor Schwangeren noch vor jungen Mädchen. Sie schänden sie alle, ohne Wenn und Aber. Niemals würde ich die mit der Todesstrafe davonkommen lassen, nein, ich würde sie mittels Lingchi foltern oder ausgehungerte Ratten dazu bringen, sich durch den After ins Innere dieser Unmenschen hineinzufressen. Ich würde ihnen Schnittwunden an den sensibelsten Stellen des Körpers zufügen, immer größere Scharten schlagen, um sie dann ganz zu zerstückeln. Für all das, was Doña Elvira hatte erleiden müssen. Mir geht es hier ganz gut, aber für sie fühlt sich das Leben auf dieser Seite so an, als wäre sie in einem Film gefangen, einem Film in Schwarz-Weiß, bei dem für immer und ewig die Pausetaste gedrückt ist und keine Möglichkeit besteht, an die Knöpfe heranzukommen und das Band weiterlaufen zu lassen, vor- oder zurückzuspulen, anzuhalten.)

»Aus Eden.«

An der First State Bank angekommen, der Filiale, an der ich zuvor bereits vorbeigelaufen war, ging sie ohne Verabschiedung hinein. Von draußen konnte ich sie durchs Fenster in ihrem Büro sehen, wo sie sich unter dem Schreibtisch die Schuhe abstreifte. Ihre Füße waren rosafarben, ihre Nägel gepflegt und rot lackiert. Ich bekam auf einmal Lust, sie zu streicheln, an ihnen zu riechen und zu lecken. Ein kalter Schauder lief mir über den Rücken, in meiner Hose regte sich etwas.

Ich kehrte in meine winzige Wohnung zurück, diesen neuen und für mich noch ungewohnten Zufluchtsort. In jener ersten Nacht spielte mein Magen verrückt. Ob es an der unbekannten Umgebung und der neuen Arbeit lag, vermag ich nicht zu sagen. In der Hoffnung, dass sich mein Verdauungstrakt beruhigte, ging ich noch einmal nach draußen. Über West Livingston war die Dunkelheit hereingebrochen, nur der matte Schimmer der Hausbeleuchtungen spendete ein wenig Licht. Der Himmel verlor nach und nach an Farbe, wurde von einem tiefen und schweren Blau überzogen. Es herrschte eine Stille, als hätte jemand den Lautstärkeregler der Welt ganz nach links gedreht.

Nach Kilometern grünen Weidelands tauchte am Horizont das Polunsky-Gefängnis auf. Die Sonnenstrahlen knallten auf die Haftanstalt, tanzten auf ihrer Oberfläche, als wollten sie alles in Brand setzen. Der Wachturm überragte den rechteckigen Gebäudekomplex. Ich stellte mir vor, wie dort oben ein Wachmann hockte und mich bei meiner Ankunft beobachtete, noch so ein Komplize dieses Systems, das im Namen der Gerechtigkeit tötete. Ich nahm die Ray-Ban ab, um die grauen Mauern besser sehen zu können, dieses Labyrinth ohne Ausweg, aus dem Gerüchten zufolge noch nicht einmal eine Ratte entkommen konnte. Wenn ich ein millionenschwerer Narco wäre und hier einsitzen müsste, ließe ich meine Leute draußen einen langen Tunnel graben, an dessen Ende mich ein Pick-up mit schwer bewaffnetem Personal erwarten würde. Mit Vollgas brächten sie mich dann zum lokalen Flughafen, von wo aus ich mit einem Sportflugzeug nach Michoacán fliegen würde. Dort würde ich mich, unsichtbar für die Augen des Gesetzes, in den Bergen verschanzen.

Henry, der Wachmann am ersten Kontrollpunkt, leerte meinen Rucksack aus: *Die Mäusestrategie*, ein Pullover, das Brillenetui, eine Schürze und mein Basecap der Houston Astros. Ich zog den Gürtel aus meiner Hose, aber die Goldkette mit dem Anhänger des heiligen Judas Thaddäus, den Padre Alonso für mich gesegnet hatte, nahm ich nicht ab. Taschenkontrolle und Stempeluhr gehörten ab jetzt zu meiner täglichen Routine, sowohl beim Betreten als auch beim Verlassen meines neuen Arbeitsplatzes.

Der Pullover war grau, bedruckt mit Namen und Logo meiner Highschool. Meine Ray-Ban war fake. Die Schürze hatte ich mir kürzlich erst für die neue Stelle zugelegt. Das Basecap war ein Andenken an einen sonntäglichen Ausflug mit Don Pascual zu einem Baseballspiel nach Houston. Vor dem Trip war ich morgens noch mit Doña Elvira beim Gottesdienst gewesen. Nach der Andacht hatte mich Padre Alonso beiseitegenommen und in die Sakristei geführt, um mich zu loben. Er glaubte, eine Verbesserung meines Verhaltens und meiner Beziehung zu Don Pascual beobachtet zu haben. Zur Belohnung drückte er mir ein paar Dollar in die Hand, damit ich mir ein Basecap kaufen konnte. Ich war fest entschlossen, die Mütze von Craig Biggio signieren zu lassen.

Die Spieler nahmen ihre Positionen ein, und es ging los. Erstes Inning. Der Batter traf den Ball und erreichte die erste Base. Die Zuschauer starrten die ganze Zeit gebannt zu den breiten Bildschirmen hinauf, während ich vergeblich versuchte, mein zigfach vergrößertes Gesicht auf ihnen zu entdecken. Pascual hatte sich schon zwei große Bier genehmigt und kümmerte sich nicht darum, dass auch ich eins trank. Der herbe Geschmack, der Lärm und die Begeisterung der Menge sorgten für Schwindelgefühle in meinem Kopf. Alles lief wie in Zeitlupe ab. Pascual rülpste, und die Frau neben ihm verzog angewidert das Gesicht.

Zweites Inning. Ein groß gewachsener Kerl mit fleischigen Wangen, kurz geschorenen Haaren und Sonnenbrille schob sich an uns vorbei und ging zu einem Mann, der gerade eine Brezel aß. Sie umarmten sich. Plötzlich entbrannte ein erregter Wortwechsel zwischen den beiden, die nicht weit entfernt von uns am Ende der Sitzreihe standen. Der Pitcher warf den Ball, der Schlagmann ließ ihn abtropfen, ein langsamer Roller, der in einem Double Play an erster und zweiter Base endete. »Ich geh mal aufs Klo«, ließ mich Pascual wissen.

Aus dem Nichts zog der Mann mit der Brille eine Pistole

hervor und schoss seinem Gegenüber zweimal in den Kopf. Der Getroffene kippte zur Seite und landete neben einer jungen Frau, die panisch aufschrie. Sofort schwenkten die Kameras in unsere Richtung, und das Drama wurde auf die großen Bildschirme übertragen. Wie bei einer dieser Reality-TV-Sendungen, die Doña Elvira oft an den Nachmittagen schaute. In Nahaufnahme wurde gezeigt, wie das Blut aus dem Kopf des Opfers sprudelte. Der Mann mit der Pistole schoss noch zweimal in die Luft, um die Zuschauer einzuschüchtern und fliehen zu können. Die Baseballfans rannten, duckten sich, versuchten, ihre Liebsten in Sicherheit zu bringen. Ich war vor Angst wie gelähmt. Polizisten bahnten sich ihren Weg zwischen den Sitzreihen hindurch. Rücksichtslos stießen sie die langsameren und weniger geschickten Zuschauer beiseite. Der Schütze versteckte sich indes nur ein paar Reihen von mir entfernt unter einem Sitz.

»Psst!«, zischte er mir zu, den Zeigefinger auf den Lippen.

Im ersten Moment ließ ich mich einschüchtern, doch dann zeigte ich seinen näher kommenden Verfolgern das Versteck.

Zu gern hätte ich mich in den Nachrichten bewundert, als Held, der die Flucht des Mörders vereitelt hatte. *Der Junge mit dem Basecap*, hätte der Sprecher gesagt, *John Guadalupe*. Don Pascual hatte wegen seines Toilettengangs kaum etwas von dem Vorfall mitbekommen. Als wir nach der langen Fahrt zu Hause ankamen, ließ er sich in den Sessel fallen und verlangte nach dem Abendbrot. Wir aßen vor dem Fernseher, in den Nachrichten wurde von dem Mord im Stadion berichtet.

Ich hoffte, dass sie die kurze Szene mit mir als Held zeigten, als ich das Versteck des Mörders verriet und der Polizei ermöglichte, die »Bestie von Matamoros« zu schnappen, die ganz offensichtlich bereits eine dicke Akte hatte. Ich malte mir aus, wie Pascual aus seinem Rausch erwachte und zum Telefon stürzte, um bei der Polizei anzurufen und eine Belohnung zu verlangen. Schließlich war er der Vater des Jungen, der zur Festnahme eines gefährlichen Mörders beigetragen hatte. So werden Helden gemacht, über Nacht quasi, nur um kurz darauf wieder in Vergessenheit zu geraten. Ich träumte davon, wie eine Schar Journalisten am nächsten Morgen vor unserem Haus wartete, mit Kameras und Scheinwerfern, um den mexikanischen Jungen zu interviewen, der sein Leben für das Gemeinwohl riskiert hatte. Wie Elvira, die Haare zu einem Zopf geflochten, ihr bestes Kleid anzog und ihre Geschichte erzählte: die von der armen Köchin, die schwanger über die Grenze gekommen war, um dem Kind in ihrem Bauch ein würdevolles Leben zu ermöglichen. Wie Pascual den Reportern vorgaukelte, ein anständiger und aufrechter Mann zu sein, der seinen Sohn stets dazu erzogen hatte, seinem Land treu zu dienen und nie zu lügen, ganz so wie von Abraham Lincoln gefordert. (Geschenkt, dass er weder dessen Nachnamen aussprechen konnte, noch wusste, wer dieser Abraham überhaupt war.) Wie Padre Alonso berichtete, dass er mich erst getauft und dann zum frommsten Ministranten der Gemeinde gemacht habe, um mich nun auf das Leben als Mönch vorzubereiten. Wie der Sheriff mir als Belohnung einen riesigen Scheck aus Pappe überreichte, mit dem wir die Miete für ein Jahr im Voraus bezahlen würden können.

Aber nichts davon geschah.

07

»GIOVANNI BOSCO, PERSONALLEITER« stand auf dem Türschild. Mit ihm hatte ich nach meiner Bewerbung telefoniert. Seine helle Haut wirkte straff, und er hatte glänzende Augen mit bohrendem und doch ausweichendem Blick sowie dunkles zurückgekämmtes Haar mit tiefen Geheimratsecken. Seine blassen Ohren liefen nach oben hin spitz zu, seine Lippen waren rot, seine Augenbrauen dicht, und seine hakenförmige Nase hatte einen kantigen Rücken. Seine Fingernägel waren gepflegt und spitz gefeilt. Seine Kleidung wirkte wie die eines Bestattungsunternehmers: schwarzer Anzug, schwarze Krawatte, weißes Hemd, Lackschuhe. Er schrieb gerade etwas in ein dickes Notizbuch mit dunklem Einband und bat mich, ohne den Blick zu heben, auf dem Stuhl vor seinem Schreibtisch Platz zu nehmen. Heftiger Husten schüttelte in unregelmäßigen Abständen seinen Körper. Nahte ein neuer Anfall, drückte er sich eins der sorgfältig zusammengelegten Taschentücher aus der Schachtel vor ihm auf den Mund. Gerade hielt er ein besonders großes in der Hand, in das seine Initialen eingestickt waren.

»John Guadalupe Ontuno. Was ist das denn bitte für ein Name? Ist ja schön und gut, dass du Latino bist, aber mal ehrlich …«

Er schob seine Aufzeichnungen beiseite, wobei sich das Notizbuch öffnete und ein Bündel gefalteter Zwanzigdollarscheine zum Vorschein kam. Später fand ich heraus, dass er Geld von den Gefangenen kassierte, um Besuche der Ehefrauen zu ermöglichen, die im Polunsky eigentlich untersagt waren. Auch für Geschäfte mit illegalen Substanzen und Alkohol ließ er sich bezahlen. Hastig klappte er das Notizbuch zu und versuchte, die Panne zu überspielen. Aus einem Hefter zog er ein paar getackerte Dokumente und bat mich, auf jedem einzelnen zu unterschreiben. Dabei streifte mich seine Hand, sie war kalt wie ein Eisblock.

Auf dem Schreibtisch stand ein gerahmtes Familienfoto. Bosco in der Mitte, links seine Frau, eine Art Morticia Addams mit wachsartigem Gesicht, schwarzem Kleid und verschränkten Armen, rechts zwei Kinder, ein Junge und ein Mädchen, beide der Mutter wie aus dem Gesicht geschnitten. Bosco drehte den Rahmen um und legte ihn flach auf die Tischplatte. Ein erneuter Hustenanfall schüttelte ihn.

»Ich brauche noch das Original deiner Geburtsurkunde.«

Das Telefon klingelte. Bosco nahm den Hörer ab.

»Häftling zwei acht drei, richtig? Ich bin gleich da und regele das.«

Er legte auf und musterte mich. Beine, Oberkörper, Arme.

»Größe S würde ich sagen, aber weit um die Taille.«

Aus einem Regal zog er einen Satz hellblauer Arbeitskleidung hervor: Hemd und Hose, wie sie Krankenpfleger tragen, beides mit dem Aufdruck »Polunsky Employee«. Dann gab er mir ein Zahlenschloss für den Spind, in dem ich während der Arbeitszeit meine Sachen einschließen sollte.

Anschließend hielt er mir einen Vortrag über das Verhalten und die Regeln am Arbeitsplatz. Die Schichtpläne mussten unbedingt eingehalten werden. Jegliche Abwesenheit wurde sanktioniert. Kontakte zu Häftlingen und Wachpersonal waren untersagt. Kameras und Mobiltelefone nicht erlaubt. Die Weitergabe von Informationen über Abläufe und Vorfälle in der Haftanstalt wurde gemäß den geltenden Sicherheitsgesetzen geahndet. (Wer waren denn hier eigentlich die Gefangenen? Die Jungs in den Zellen oder ich?)

Ich würde Unterstützung von mehreren Küchenhilfen erhalten, erklärte Bosco. Meine Aufgabe bestand darin, täglich Frühstück, Mittag- und Abendessen für die Gefangenen zuzubereiten.

»Sollte jemand eine spezielle Diät befolgen müssen oder Allergien haben, werde ich dir Bescheid geben. Das kommt bei diesen Hungerleidern aber eigentlich nicht vor.«

Wenn eine Hinrichtung anstand, musste ich zum Todeskandidaten gehen und die Bestellung für die Henkersmahlzeit entgegennehmen. Das gewünschte Gericht wurde dann von mir persönlich zubereitet, wobei ich weder das festgesetzte Budget von vierzig Dollar überschreiten noch Wünsche nach Alkohol berücksichtigen durfte. Ich selbst musste das Tablett in die Zelle bringen und nach dem Essen wieder abholen. Einige Stunden danach wurde der Gefangene aus dem Todestrakt für die Hinrichtung in die Huntsville Unit gebracht, ein gut achtzig Kilometer von unserem Standort entferntes Staatsgefängnis. Dort war es meine Aufgabe, ein leichtes Catering für die anwesenden Vollzugsbeamten und Familienmitglieder zu organisieren. Aus der Anordnung des Richters, die mit einigem Vorlauf einging, erfuhr ich Datum und Uhrzeit der Urteilsvollstreckung.

Der Ablauf im Polunsky sah folgendermaßen aus: Die Gefangenen standen um vier Uhr früh auf. Kurz danach erhielten sie die erste Mahlzeit des Tages auf einem Menütablett aus Edelstahl mit drei Unterteilungen. Mittagessen gab es um 11.30 Uhr, Abendessen um 17.00 Uhr.

»Die Küche muss rund um die Uhr besetzt sein, um die Verpflegung des Personals zu sichern. Die Arbeitszeiten der Angestellten hier sind ungewöhnlich und variieren oft, solltest du wissen. Du kannst früh am Morgen kommen und bei Sonnenuntergang Feierabend machen oder erst mittags aufschlagen und um Mitternacht nach Hause gehen. Das ist mir vollkommen egal, solange du deine Arbeit erledigst. Einen Tag in der Woche hast du frei.«

Die extreme Vorsicht bei den Menütabletts sei wichtig, erläuterte er weiter. Sie mussten bei Aus- und Abgabe gezählt werden. Sollte eins fehlen, war es meine Aufgabe, den Wachdienst zu verständigen. Messer und Gabel waren nicht gestattet, der Verzehr der Mahlzeiten musste ohne Hilfsmittel möglich sein.

»Dann essen sie mit den Fingern?«

»Wie sie eben können. Mit Löffeln, wenn sie Glück haben. Das sind Gewaltverbrecher, die können nahezu jeden Gegenstand in eine Waffe verwandeln«, schloss Bosco das Thema ab und hustete wieder.

Gelegentlich wollte Chief Brown in einem der Zimmer, die der Anstaltsleitung vorbehalten waren, oder in seinem Büro zu Mittag essen. Ich musste jederzeit darauf vorbereitet sein, die Essenswünsche der Chefetage entgegenzunehmen und umzusetzen. Auch die Verpflegung der restlichen Belegschaft – Verwaltungsangestellte, Krankenpersonal, Wachen – gehörte zu meinen Aufgaben. Sie nahmen ihre Mahlzeiten im Speisesaal der Angestellten ein.

»Chief Brown ist hier die oberste Instanz, aber ich bin der Mann für das Tagesgeschäft. Wenn dir etwas *Interessantes* auffällt, wendest du dich an mich, verstanden?«

Bosco schickte mich zu seinem Assistenten, damit dieser ein Foto für den Angestelltenausweis von mir machte. Das Bild zeigt mich mit glatten Haaren, kurz und schwarz, an den Seiten abrasiert. Meine strammen Arme und Beine sind nicht zu sehen. Ich bin nicht übergewichtig, aber ich schleppe ein Bäuchlein mit mir herum, das Resultat von zu vielen Kohlenhydraten und zu viel Fett. Trotz meiner eher geringen Körpergröße wirke ich nicht pummelig. Meine Haut ist braun, und ich habe ganz dunkle, fast schwarze Augen. Doña Elvira verglich mich in ihrer mütterlichen Blindheit immer mit Pedro Infante, ihrer großen Liebe, und schwor Stein und Bein, ich sei mindestens genauso gut aussehend.

Nach dem Fototermin ging ich zu Bosco zurück, der mir den Ausweis überreichte. Er diente nur zum Betreten und Verlassen des Gefängnisses, für andere Zwecke durfte ich ihn nicht benutzen oder vorzeigen.

»Denk daran, das Tagesgeschäft mit allem, was dazugehört, läuft über mich«, sagte er. Anschließend hustete er noch einmal und verließ den Raum durch eine Tür, die direkt zum Büro des Gefängnisdirektors führte.

Chief Brown wurde an der DEA Academy ausgebildet, der führenden Strafverfolgungsbehörde im Kampf gegen Drogen. Nach der Grundausbildung bereitete man ihn dort auf eine Tätigkeit als Spezialagent vor: Er erlernte verschiedene Selbstverteidigungstechniken, durchlief ein olympiareifes Fitnessprogramm, wurde im Schusswaffengebrauch geschult. Nach Beendigung der Lehrzeit teilte man ihn einem DEA-Büro in Connecticut zu, wo er als verdeckter Ermittler verschiedene Gruppierungen der organisierten Kriminalität infiltrierte, um Informationen zu beschaffen. Als Waffenhändler getarnt, sollte er mafiöse Strukturen aufdecken. Er sammelte Erfahrungen, wurde besser und besser in seinem Job. Irgendwann setzte er sich in den Kopf, einen Verwaltungsposten zu ergattern oder in die Chefetage aufzusteigen, und klopfte auch bei der Gefängnisbehörde in Connecticut an.

Wie es der Zufall wollte, wurde er auf den Fall eines bekannten Narcos aus Mexiko angesetzt, den er dingfest machen und in den Todestrakt schicken konnte. Die Geliebte des Drogenbosses, Rosario del Corral, hatte es in jungen Jahren bis zur Miss Pacific gebracht. Eine dunkelhaarige Schönheit mit grünen Augen, vollen Lippen und Stupsnase, berühmt für ihre Wespentaille und unerhört langen Beine. Sie starb, weil sie den Mund nicht halten konnte. Ihr Körper (den ich von der Titelseite einer Illustrierten kannte) lag eines Tages auf der Straße, nach einigem Suchen fand man auch den dazugehörigen Kopf. Nach der Festnahme des Kartellbosses erhielt Brown eine Auszeichnung für besondere Leistungen im Polizeidienst. Einige Jahre später wurde er zum Direktor des Polunsky-Gefängnisses ernannt.

Ich lernte Chief Brown kurz nach meiner Einstellung kennen. Er rief mich in der Küche an und bat mich, ihm einen Imbiss in sein Büro zu bringen. »Leicht und bekömmlich«, spezifizierte er, nachdem er mich mehrere Minuten lang in die Warteschleife mit ihrer ekelhaften Dudelei verbannt hatte. Seine Stimme klang ein wenig näselnd, aber immerhin hatte er sich in seinen Jahren als verdeckter Ermittler ein passables Spanisch angeeignet.

Ich schnitt Käse in Würfel und drehte Schinken zu Röllchen, spießte dann beides auf Holzstäbchen, die ich mit grünen steinlosen Oliven krönte. Dazu bereitete ich eine Limonade mit extra viel Eis und stellte ein paar Cracker mit

Tomatenscheiben dazu, die ich hauchdünn mit Zitronensaft, Olivenöl und Salz besprenkelte. Ich gab mir Mühe, es heißt schließlich, dass der erste Eindruck zählt.

Bei Browns Büro angekommen, klopfte ich, aber niemand bat mich herein. Die Tür war nur angelehnt. Ich klopfte abermals, erhielt aber wieder keine Antwort, sodass ich die Tür aufschob und eintrat. Chief Brown stand mit einer kalten Zigarre zwischen den Fingern neben seinem Schreibtisch und war in ein Selbstgespräch vertieft. Das Tablett elegant auf einer Hand, trat ich näher. Über meinem anderen Arm hing eine weiße Stoffserviette. Ich breitete sie über dem Glastisch aus, der mitten im Zimmer stand, und stellte Teller, Becher und Limonadenkrug darauf. Brown kam ein paar Schritte auf mich zu und musterte mich geringschätzig von Kopf bis Fuß, wobei er unangenehm lange auf meine Schuhe starrte, die nicht gerade blitzten. Er trug ein blaues Sakko, eine farblich dazu passende Hose und ein weißes Hemd, die Krawatte war gelockert. Sein Haar war kaffeesatzbraun gefärbt, der ausladende Schnurrbart hatte dieselbe Farbe. Sein Mund, soweit ich das durch den Schnäuzer hindurch beurteilen konnte, war eher fein und wirkte grimmig, die großen Zähne sahen gelb aus. Seine Hände waren grob, breit und sowohl auf dem Rücken als auch auf Teilen der Innenfläche von borstigen Haaren überzogen.

»Du bist also der Neue … Kannst du italienische Gerichte kochen?«

Und ob, wollte ich gerade antworten, *und noch ganz andere Sachen*, aber da hatte er sich schon von mir abgewandt, um sich in seinem Schreibtischsessel niederzulassen. Bosco kam herein, und die beiden begannen ein Gespräch über einen Häftling, der bereits seit fünfundzwanzig Jahren im Polunsky einsaß. Brown äußerte sich verächtlich über den Mann. Ein armes Schwein, niemand wolle ihn vertreten oder seinen Fall neu aufrollen. Andererseits habe es nicht ausreichend Beweise gegeben, um ihn auf die Bahre zu schnallen.

»Der soll meinetwegen verhungern oder sich endlich selbst aufknüpfen«, sagte der Chief. »Würde uns mehr als tausend Dollar pro Monat sparen, außerdem hätten wir dann eine Zelle mehr. Wenn der hinüber ist, holt den eh keiner ab. Wir verbuddeln ihn auf dem Anstaltsfriedhof und fertig.«

Er räusperte sich und spuckte in den Mülleimer, der neben seinen Füßen stand. Bosco blickte den Chief aufmerksam an, ganz so, als würde er einen Befehl von ihm erwarten, aber Brown wandte sich mir zu. Er bat mich, ihm den Teller mit dem Essen zum Schreibtisch zu bringen. Dann nahm er eins der Holzstäbchen, beschnupperte es, betrachtete es von allen Seiten und legte es wieder auf den Teller zurück.

»Das Zeug kannst du an die Insassen verfüttern oder meinetwegen selbst fressen. Der Käse ist doch vergammelt.«

Unterwürfig trat Bosco heran und roch an dem Essen.

»Jawohl, Chef. Den kann man nicht mehr essen.«

»Glaubst du etwa, du könntest mir den gleichen Mist auftischen wie den Knastis?! Dann hast du noch nicht kapiert, wie die Sache hier läuft, Koch. Räum den Dreck ab und zieh Leine. Und nächstes Mal legst du dich gefälligst ins Zeug. Verstanden?«

Zwei, drei Sekunden lang hielt ich seinem Blick stand und hatte nicht übel Lust, ihm die Spießchen in die Augen zu rammen.

»Kommt nicht wieder vor, Chief.«

08

DR. ROSEMARIE BAIER war Expertin auf dem Gebiet der Kriminalpsychologie, so stand es auf der Website des Polunsky-Gefängnisses. Auf dem dort abgebildeten Schwarz-Weiß-Foto trug sie das Haar offen und hatte keine Brille auf, sah aber ansonsten in etwa so aus wie jetzt auch. *Rosemarie Baier, PhD, Stanford University*, hieß es unter dem Bild. Sie hatte viel beachtete psychoanalytische Beiträge zur Entwicklung krimineller Verhaltensmuster verfasst und eine Methode zur Resozialisierung von Insassen aus Hochsicherheitsgefängnissen erarbeitet. Sie war als junge Frau aus der Schweiz in die Vereinigten Staaten gekommen, wo sie ihren Mädchennamen Weirde zugunsten des Familiennamens ihres bereits verstorbenen Ehemanns abgelegt hatte. Sie stammte aus einer gebildeten Familie und war als Einzelkind aufgewachsen. Ihre Eltern, ein Psychologenpaar, hatten sich den Lehren eines gewissen C. G. Jung verschrieben und sich auf die Analyse und Interpretation von Träumen sowie auf Hypnoseverfahren und die Behandlung von Hysterie spezialisiert. Die Methoden, mit denen Dr. Baier die Häftlinge behandelte, waren eher unorthodox. In mehrstündigen Einzelsitzungen befragte sie die Täter in erster Linie zu den Vorgehensweisen bei ihren Verbrechen (Ersticken, Erdrosseln,

Erstechen, Vergiften) anstatt zu ihren Beweggründen. Auf diese Weise versuchte sie, Verhaltensmuster und Abweichungen herauszuarbeiten, um wissenschaftlich fundierte Möglichkeiten zur »Resozialisierung« der Täter zu ergründen. Beim Wachpersonal hatte sie den Spitznamen *Die Löwenbändigerin.*

Unter dem Foto war ihre Doktorarbeit mit dem Titel *Kriminelle Gene: Zum Verbrecher geboren oder von der Gesellschaft dazu gemacht?* verlinkt. In der Zusammenfassung hieß es, Gesellschaft und Umfeld seien ausschlaggebend für die Frage, ob ein Mensch Gewalttaten begehe. »Wir sind das Produkt unserer Umgebung. Die Umstände, unter denen wir aufwachsen, prägen unseren Charakter.«

Die Arbeit enthielt komplexe Absätze mit Zitaten verschiedener Autoren, die ich beim ersten Lesen nicht richtig verstand, gern aber genauer unter die Lupe genommen hätte. Dr. Baier führte darin aus, dass Gruppenzwang und die bloße Existenz von Banden bestimmte Jugendliche unausweichlich zu Kriminellen machten. Die Heranwachsenden seien durch den Einfluss ihrer Umgebung prädestiniert, Verbrechen zu begehen und kriminelle Verhaltensweisen von Freunden und Bekannten zu übernehmen. Als Beispiel legte sie den Fall eines ihrer Patienten dar, eines gerade einmal Zwölfjährigen. Der Junge hatte bei seinen leiblichen Eltern gelebt, über die er sich in liebevoller Weise äußerte. Er stammte also nicht aus zerrütteten Familienverhältnissen. An einem bestimmten Punkt hatte er begonnen, die Schule zu vernachlässigen und sich einer Gruppe Jugendlicher anzuschließen, die ihn erst zum Diebstahl, dann zu Gewalttaten anstifteten. Er verprügelte andere Menschen, stach seine Opfer mit dem Messer nieder, tötete mehrere von ihnen. Dr. Baier stellte heraus, dass es für den Jungen, genau wie ich vermutet hatte, keinen großen Unterschied machte, ob er etwas stahl oder einen Mord beging.

In ihrer Promotion kritisierte sie eine Gesellschaft, die daran gescheitert war, ihren marginalisierten Mitgliedern Chancen aufzuzeigen oder Aufmerksamkeit zu schenken. Menschen, die einmal als Kriminelle, Delinquenten, Straftäter, Verbrecher etc. pp. abgestempelt worden seien, fügten sich in diese Rolle und täten sich mit anderen zusammen, die ähnliche Erfahrungen gemacht hatten. Das sei die Grundlage für die Bildung und Erweiterung krimineller Banden.

Ich nahm vor ihrem Schreibtisch Platz, dem Schützengraben, der die Expertin für Kriminalpsychologie von ihren Patienten trennte. Sie telefonierte gerade. Ich schaute ihr dabei zu, wie sie, während die Person am anderen Ende der Leitung sprach, auf einem Stift herumkaute. Kastanienbraunes Haar, an den Ansätzen grau meliert, Hornbrille, Adlernase. An ihren Armen schimmerten die Adern durch die Haut, ihre Hände waren alt, faltig und voller Sommersprossen. Sie trug eine weiße Bluse, und um den Hals hatte sie sich ein buntes Tuch gewickelt. Mein Blick blieb an dem Bücherregal hinter ihr hängen. *Die Akte Manson. Die Gehirne der Mörder. Gefängnispsychologie. Überwachen und Strafen: Die Geburt des Gefängnisses. Wir alle haben Tötungsfantasien.* Ein Exemplar ihrer Doktorarbeit.

Durch das Fenster konnte ich den Garten im Zentrum der Anstalt sehen. Eine Maulbeerfeige mit gelblich braunem Stamm und üppig grünen Blättern stand in der Mitte.

Als Erstes beglückwünschte mich Dr. Baier zu meiner neuen Arbeit. Glückwünsche zu einem Job, den keiner wollte. Dann berichtete sie mir von ihren Aufgaben: Sie führte Evaluationsgespräche mit den Angestellten der Haftanstalt, bot Beratung bei arbeitsbedingtem Stress und persönlichen Problemen an und übernahm bei Bedarf die psychologische Betreuung der Insassen.

Sie erzählte mir, dass es einige Monate zuvor bei den Häftlingen zu einer Lebensmittelvergiftung durch verdorbenes Hühnerfleisch gekommen sei. Den verantwortlichen Koch habe man sofort entlassen und anschließend händeringend einen Nachfolger gesucht, da keine der Küchenhilfen über die notwendigen Qualifikationen für diese Stelle verfügte. *Was dem einen den Magen verdirbt, ist nahrhaft für den anderen*, so steht es in meiner *Mäusestrategie*. Gern hätte ich diese Weisheit mit ihr geteilt, beschränkte mich aber stattdessen lieber aufs Zuhören. Unter der gläsernen Tischplatte waren ihre bleigrauen Strumpfhosen zu sehen, durch deren semitransparenten Stoff das Schneeweiß ihrer Oberschenkel schimmerte.

Ihr Schreibtisch gab nichts über sie preis, weder Fotos noch andere Dekorationen standen darauf. Sie hingegen brauchte mich vermutlich bloß anzuschauen, um durch die Analyse meines Aussehens alles über mich zu wissen. Zumindest glauben sie das, die Seelenklempner – ein einziger Blick, und schon steht man nackig da. Bullshit, sage ich. Ich brauchte schließlich auch keinen Doktortitel, um mir auszumalen, dass in ihrem Nachttisch jede Menge Sexspielzeug lagerte.

In der siebten Klasse hatte mich unsere Direktorin einmal zur Schulpsychologin geschickt. Der Grund war ein Nacktmagazin gewesen, das ich von meinen Ersparnissen an einem Kiosk gekauft und dann mit zur Schule gebracht hatte, um es in der großen Pause gemeinsam mit meinen

Kumpels anzuschauen. Ein paar Tage zuvor hatte ich bei einer unserer Schulhofplaudereien über Pussys und Titten damit geprahlt, dass ich einen ganz besonderen Schatz hütete: den aktuellen *Playboy*. Die Jungs waren ganz wild auf das Magazin. Sie achteten kaum noch auf die Worte des Lehrers und zählten die Minuten bis zur Pause. Ich indes genoss das Warten auf das Klingeln, war stolz, das Objekt ihrer Begierde zu besitzen. Als es läutete, rannten wir zu unserer Ecke, um endlich einen Blick auf die verbotenen Seiten zu werfen. »Madonna nackt! *Unlike a virgin for the very first time*«, so der Aufmacher auf der Titelseite. In der Fotostrecke posierte die Sängerin tatsächlich ohne Kleidung und zeigte mehr, als unsere Teenagergehirne verarbeiten konnten.

Madonnas Haar auf den *Playboy*-Fotos war kastanienbraun, das auf ihrem Kopf und auch das üppig in Achselhöhlen und zwischen ihren Beinen sprießende.

»Warum rasiert sie sich nicht?«, fragte einer der Jungs.

»Das ist die Queen of Pop, Mann. Die kann machen, worauf sie Bock hat«, erwiderte ich.

Während ich den Preis aushandelte, den meine Klassenkameraden für eine Seite ihrer Wahl abdrücken mussten – es waren fünf Dollar, mit denen ich meine Ausgaben wieder reinholen wollte –, überraschte uns ein Lehrer. Ein Blick auf den *Playboy* in meinen Händen, und er schleppte uns zur Direktorin. Bei dem folgenden Verhör schwärzten die anderen mich an. Ich hätte das Magazin mitgebracht und würde außerdem mit pornografischem Material handeln.

Woher ich denn das Heft habe? Ich traute mich nicht, die ganze Geschichte zu erzählen. Als Strafe wurde ich drei Tage vom Unterricht suspendiert.

Der beschämendste Moment war der Anruf der Direktorin bei meinen Eltern, um sie über den Grund meiner Freistellung zu informieren. Zu Hause erklärte ich Doña Elvira, dass ein anderer das Magazin mitgebracht habe und ich eigentlich unschuldig und unfähig zu einer derartigen Tat sei. Sie glaubte mir.

»Du wurdest geschnappt, weil du dich wie ein Vollidiot angestellt hast«, schimpfte Don Pascual, als er mit mir allein war, und gab mir eins hinter die Löffel.

Ich bekam einen Monat lang Videospielverbot. Diese vier Wochen verbrachte ich mit Doña Elvira in der Küche, wo ich kochen lernte und dabei wirklich viel Spaß hatte.

Bei meiner Rückkehr zum Unterricht musste ich zur Schulpsychologin, die zur Betreuung der Problemschüler eingestellt worden war. Sie fragte mich, welche Fächer mir am meisten Spaß machten oder die größten Probleme bereiteten, und schließlich, ob ich Spaß am Lernen hätte. Über Madonna und ihre Haare sprachen wir nie.

Dr. Baier erklärte mir, ihre Arbeit bestehe darin, die Entwicklung der Insassen zu analysieren und zu beurteilen. Zudem sollte sie für ein respektvolleres Klima in der Anstalt sorgen.

»Ich möchte Sie um Ihr Engagement bitten, John, einen Einsatz, der über die Tätigkeit als Koch hinausgeht«, führte sie aus. »Trotz ihrer Verbrechen sind die Insassen dieses Gefängnisses Personen wie Sie und ich, menschliche Wesen, und ich möchte, dass Sie sie auch als solche behandeln. Sie hätten ohne Weiteres einer von ihnen sein können, meinen Sie nicht?«

Dito, dachte ich.

Als Teil des Einstellungsprozederes, so erklärte sie mir weiter, müsse ich einen Test absolvieren. Sie reichte mir ein paar zusammengeheftete Bögen und einen spitzen Bleistift, um die zahllosen Kästchen ankreuzen und die verfänglichen Fragen beantworten zu können.

Ja, ich bin proaktiv, etwas chaotisch vielleicht, aber auch effizient. Ob mich die Arbeitsweise anderer Menschen nervös mache. Auf jeden Fall. Wie ich auf frustrierende Erlebnisse reagierte. Keine Ahnung. A, B, C oder D. Oder F. Oder X oder Z. Auf einem der Bögen waren Zeichnungen zu sehen, wie ich sie selbst früher im Kindergarten fabriziert hatte. Ich sollte mit möglichst wenigen Worten schildern, was ich darauf sah. Fledermaus. Monster mit Riesenpimmel. Dreistöckiges Sandwich. Weiß nicht. Zum Abschluss sollte ich mich selbst mit einigen Sätzen beschreiben.

Ich schmückte Positives aus, schwächte Negatives ab. Perfektionistisch, ja. Obsessiv, nein. Ich lerne schnell. Als es um meine berufliche Laufbahn ging, stellte ich heraus, dass ich der Erste in meiner Familie mit einer echten Berufsausbildung sei und zudem an meiner Schule einen der besten Abschlüsse erreicht habe. Von klein auf neugierig und interessiert, ja. Frühreif, nein. Ich erwähnte nicht, dass ich als Tellerwäscher angefangen hatte, berichtete jedoch sehr wohl von meiner Auszeichnung als *Mitarbeiter des Monats*. Vertrauensvolle Beziehungen zu meinen Kollegen sind mir sehr wichtig. Und zum Schluss in etwas größerer Schrift: Ich verbringe gern Zeit mit meiner Mutter und unterstütze sie bei gemeinnützigen Aktivitäten.

Sehr wahrscheinlich wussten sie eh schon alles über mich. Fahrerlaubnis, ja. Vorstrafen, nein. Verkehrsverstöße, nein. Mitgliedschaft in extremen Gruppierungen, nein. Nicht praktizierender Katholik, empfohlen von Padre Alonso, dem

Pfarrer der Iglesia de los Santos Arrepentidos im texanischen Eden. Mag Schweinefleisch lieber knusprig in Tacos al Pastor als slow cooked in Tacos Carnitas. Eltern leben noch, illegale Einwanderer mit laufenden Anträgen auf Regularisierung des Aufenthaltsstatus. Ledig, kinderlos, heterosexuell. Keine bekannten Abhängigkeiten. Nichtraucher. Trinkt gelegentlich Alkohol, ohne auffällig zu werden. Kräftig gebaut, siebzig Kilogramm schwer, ein Meter fünfundsechzig groß. Muttermal auf der rechten Brust. Diverse Tätowierungen. Gelegentlich Reisen nach Mexiko, genaue Ziele unbekannt. Durchschnittliches Monatseinkommen auf einem Konto der First State Bank: neunhundertfünfundachtzig Dollar. Erhält verdächtige Anrufe aus Guangzhou, Untersuchung ausstehend. Kein Briefverkehr. Schuhgröße: einundvierzig. Arbeitszeugnisse zufriedenstellend. Beim United States Marine Corps wegen zu geringer Körpergröße und Plattfüßen abgelehnt. Gegenwärtig Koch im Polunsky-Gefängnis.

Die Küche war groß und geräumig, ausgestattet mit einem riesigen Herd, einem Ofen, drei Kühlkammern und einer langen Arbeitsfläche in der Mitte. Neben dem Eingang gab es noch eine zweite Tür, die zu einem Lagerraum für nicht verderbliche Lebensmittel führte. Es roch nach einem Gericht, das ich nicht näher bestimmen konnte: gekochtes Gemüse mit Fleisch vielleicht oder Bohnensuppe.

Kaum waren wir eingetreten, inspizierte Bosco die gesamte Küche. Er sah sich die Oberflächen an, untersuchte Ecken und Winkel. Anschließend wusch er sich die Hände. Dann stellte er mir meine Gehilfen vor. Alle trugen eine blaue Uniform, wie auch ich sie bekommen hatte, und eine Haube auf dem Kopf. Zuerst lernte ich García kennen, einen großen und kräftigen Kerl mittleren Alters mit fettiger Haut.

Er behauptete, er könne schneller Kartoffeln schälen als jede Maschine. Wie ich erfuhr, hatte er in Illinois wegen bewaffneten Raubs gesessen. Nach zehn Jahren wurde er entlassen, und nun arbeitete er hier. García rieb sich oft die Hände, als würde er sie sich gerade ohne Wasser waschen, und hatte einen einschüchternden Blick. Über seine rechte Wange lief eine tiefe Narbe. Das Wort »rehabilitiert« kam mir in den Sinn. Es wirkte so, als wollte er, warum auch immer, unter dem Radar bleiben und hatte sich dazu als Gemüseschnippler in einer Knastküche verdingt. Mir fiel eine gewisse Vertrautheit zwischen ihm und Bosco auf.

Dann war da Blackie Malcolm, der sich darum kümmerte, dass Kühlkammern und Vorratsraum immer gut gefüllt waren. Schwarze Haut, weißes lockiges Haar, verhältnismäßig kleine Augen. Er erinnerte mich an einen dieser irren Prediger, die mit Megafonen bewaffnet durch die Gegend liefen, um den Leuten mit hysterischer Stimme Ratschläge zu erteilen und die Welt zu erklären.

Anschließend stellte Bosco mir Tiwa vor, die für Abwasch, Hygiene und die Organisation der Kochutensilien verantwortlich war. Sie war gerade mit dem Abwischen eines Regals beschäftigt und lächelte, als ich sie ansah. Tiwa war eine Native American, Nachfahrin der Karankawa, hatte einen jodfarbenen Teint, dichtes schwarzes Haar und dunkle Augen, die von einem feuchten Film bedeckt schienen und traurig aussahen. Um den Hals trug sie ein schmales Band, an dem eine Rabenfeder hing. Sie wirkte schutzlos und doch hart im Nehmen auf mich.

»Selene und Sánchez sind die Mädchen für alles«, schloss Bosco die Vorstellungsrunde ab.

Selene hatte lateinamerikanische Wurzeln, einen Premiumhintern, schwarze Augen und einen kessen Blick. Der dunkelhäutige Sánchez aus Panama war auf der Suche nach Ruhm ins geheiligte Gringoland gekommen, aber nachdem sich die Karriere als Sänger im Stil von Rubén Blades zerschlagen hatte, heuerte er als Küchengehilfe an.

Auf der Arbeitsfläche lagen Zwiebeln, Koriander, Tomaten und grüne Chilischoten. An einem Ende konnte ich Hähnchenfleisch und die Knochen des Tieres ausmachen. Selene kippte die Zutaten für die Salsa in einen Standmixer, der sofort ansprang und einige Sekunden lang ohrenbetäubenden Lärm von sich gab.

»Menschen und Gerichte haben viel gemeinsam«, las Selene aus einer Gastronomiezeitschrift vor. *»Beide bestehen aus verschiedenen Zutaten, die am Ende alle zusammen auf einem Teller landen, ganz gleich ob frittiert, gegart oder gebraten. Manchmal fad, manchmal versalzen. Manchmal aufgebrochen, zerstückelt, püriert. Manchmal zerrieben, in Streifen oder Würfel geschnitten. Manchmal verwechselt, verwirrt, in scharfer Salsa ertränkt oder in Honig gebadet. Wir sind eine Mischung aus dem Süßen und dem Herzhaften, aus dem Guten und dem Schlechten.«* Nachdem sie geendet hatte, legte sie die Ausgabe von *Cocinar es un placer* auf der Arbeitsplatte ab.

Im Radio lief ein Song von Jenni Rivera: »Paloma negra«. Bosco bat darum, leiser zu machen, und warf einen Blick auf den Herd.

»Was gibts denn heute Feines?«

»Milanesa mit Salat für uns. Für die Insassen ein Sandwich, stilles Wasser und einen Apfel«, antwortete Tiwa.

»Und für Chief Brown?« Die Frage ging an mich.

»Noch hat er nichts bestellt.«

»Er wird dich bald anrufen. Streng dich an«, sagte Bosco und zog sich zurück.

Selene drehte die Musik auf und begann, den Herd zu

putzen. Auch die anderen widmeten sich wieder ihrer Arbeit, während ich erst mal nur dumm rumstand.

»Übermorgen sagt einer auf Nimmerwiedersehen. Dein erster Abgang. Willkommen in der Knastküche vom Polunsky«, sagte Selene zu mir. »Wie heißt du noch mal?«

»John Guadalupe.« Mir lief das Wasser im Mund zusammen.

Die Tür öffnete sich, und ein Mann in fortgeschrittenem Alter, der sich auf einen vierbeinigen Gehstock stützte, trat ein. Es war Jeremiah Goodwing, der für die Seelsorge im Polunsky-Gefängnis zuständige Pastor. Der Mann, der die letzte Mahlzeit segnete und die zum Tode Verurteilten zu ihrer Hinrichtung in Huntsville begleitete. Ich schätzte ihn auf ungefähr siebzig, das wenige Haar auf seinem Kopf war komplett weiß. Er war groß, schlank und hatte tiefgründige graue Augen.

Der Seelsorger bat García um ein Glas stilles Wasser, das er in kleinen Schlucken trank, während er eine Litanei abspulte, die mich an Padre Alonso erinnerte.

»Die Todesstrafe ist eine vom Menschen verhängte Sanktion. Nur der Herrgott im Himmel kann für wahre Gerechtigkeit sorgen und diejenigen zur Verantwortung ziehen, die das göttliche Gesetz, das einzige für alle Menschen gültige, brechen.« Er sprach mit langen Pausen zwischen den Wörtern.

»Pastor Goodwing«, fragte Selene, »glauben Sie, dass der nächste Abgang in der Hölle landen wird?«

Er schlug die Bibel auf, die er unter dem Arm trug, und las eine Passage des Propheten Daniel: »›Gott hat dein Königtum gezählt und beendet. Du wurdest gewogen und für zu leicht befunden …‹« Das sind vermutlich die furchtbarsten

Gottesworte, die ein Hingerichteter auf der anderen Seite zu hören bekommen kann. Der Pastor sah mich an.

Ich nahm meine Mütze ab und streckte ihm die Hand entgegen. Dann stellte ich mich vor.

»Du, Guadalupe, wirst derjenige sein, der diese armen Sünder bekocht. Du kannst ihnen ein letztes bisschen weltlichen Trost spenden. Ist dir bewusst, dass du ein Instrument der Nächstenliebe bist, einer der wichtigsten christlichen Tugenden überhaupt?«

Ich verstand nicht genau, was er meinte, bekreuzigte mich aber vorsichtshalber.

Sánchez bot ihm ein Stück Käse an, aber der Geistliche lehnte dankend ab. Er faste zu dieser Tageszeit. Dann schaute er uns alle an, drehte sich um und verschwand wie ein Geist.

Wie mir meine Kollegen später erzählten, arbeitete Pastor Goodwing bereits seit mehr als zehn Jahren im Polunsky, um den Gefangenen Trost zu spenden. Auf Anfrage stand er für Gespräche bereit. Sein vorrangiges Ziel war es, die Straftäter zu Einsicht und Reue zu führen und dadurch Erlösung zu erlangen. Ob für sie oder für ihn, war nicht ganz klar.

Joseph Kahn, zweiundvierzig Jahre alt. Verurteilt wegen Mordes an einer Zwanzigjährigen. Er zwang die Frau, in seinen Wagen zu steigen, und fesselte sie mit Klebeband. Dann brachte er sie an einen entlegenen Ort, wo er sie vergewaltigte und mit einem Stromkabel erdrosselte.

Letzte Mahlzeit: Filet, Kool-Aid mit Ananasgeschmack und Nusskuchen. (Den Nachtisch hob er sich »für später« auf.)

Letzte Worte: »Es tut mir leid, so viel Schmerz verursacht zu haben. Ich hoffe, dass der Herr mir vergibt und meine Seele in seinem Haus willkommen heißt.«

09

MIT DER ÜBERSTELLUNG ins Polunsky-Gefängnis beginnt für die Gefangenen der Countdown. Wahrscheinlich sehen sie ihr Leben in Szenen zerschnitten an sich vorbeiziehen, wie es Gerüchten zufolge auch kurz vor dem Tod passiert. Ich schätze mich glücklich, eines der Rädchen im Prozess des Strafvollzugs im Polunsky zu sein: derjenige, der den zum Tode Verurteilten die letzte Mahlzeit kocht und serviert.

Mein erster Abgang war ziemlich denkwürdig. Ein fast zwei Meter großer Kerl mit grauen Augen, ausgeprägtem Kiefer, massigen Händen und bratwurstdicken Fingern, die jeden und jede hätten erwürgen können. Er hatte seinen Arbeitgeber ermordet, den Eigentümer einer Ranch in Waco, hier in Texas. Mit einer Schaufel war er auf ihn losgegangen. Gleich der erste Treffer, ein Schlag gegen den Kopf, hatte das Opfer ins Jenseits befördert. Anschließend missbrauchte der Täter die Ehefrau des Opfers und strangulierte sie mit einer Kordel. Die Nachricht verbreitete sich im gesamten Bundesstaat und sorgte für Angst und Schrecken unter den Texanern: Sie verbarrikadierten sich in ihren Häusern mit Ketten, Riegeln und Schlössern und gingen nach Einbruch der Dunkelheit nicht mehr auf die Straße. Nach einiger Zeit vergaßen sie die Bluttat wieder und kehrten zur Normalität zurück, wie es immer passiert, wenn man von einem verstörenden Ereignis überrascht und aus dem Alltagstrott gerissen wird.

Die Förmlichkeit der Angelegenheit empfand ich als unangenehm. Auf dem Weg zu Zelle dreiundvierzig übte ich die Frage, die ich noch viele Male stellen sollte.

»Was hätten Sie gern als letzte Mahlzeit?«

Der Moment, in dem ich diese Frage aussprach, verwandelte sich schnell in die Quintessenz meiner Tätigkeit als Koch der Todgeweihten. Ein Augenblick, in dem ich mit Wut, Resignation und einem Hoffnungsschimmer konfrontiert war. In den Augen der Hinzurichtenden sah ich erloschenes Licht, einen für immer verlorenen Funken, was jeden einnahm und trübsinnig stimmte, der diesen Unglückseligen gegenübertrat.

Ich zaudere nicht, räuspere mich nicht, nicht mehr. Bevor sie antworten, halten sich in meinem Kopf Anspannung und Gelassenheit die Waage. Ich denke daran, dass ich meine Arbeit gut machen will, muss mich aber gleichzeitig auf die Bestellung konzentrieren. Die Todeskandidaten übertragen ihren sehnlichen Wunsch nach Überleben auf die Henkersmahlzeit und in gewisser Weise auch auf mich. In jedem Zentimeter Spaghetti, jedem Streifen Speck, jedem Krümel Käse suchen sie nach verlorenen Momenten, nach den Sekunden, die ihnen ein Weiterleben ermöglichen und die ich ihnen mit meinem Angebot verschaffe: der letzten Mahlzeit.

Es war das erste Mal, dass ich die Zelle eines zum Tode Verurteilten betrat. Die Gefangenen verbringen in diesen winzigen Löchern dreiundzwanzig Stunden am Tag. Vier unerbittlich stabile Wände, ein Bett mit dünner Matratze, ein Waschbecken und ein Klo, beides aus Metall. Mehr nicht. Ganz oben in der Wand ein winziges Fenster. Eine Stunde am Tag dürfen sie an die frische Luft. Mit Handschellen, Bauchketten und Fußfesseln gesichert, werden sie in den Außenbereich der Haftanstalt gebracht und in kleine Käfige, nur wenig größer als ihre Zellen, gesperrt. Dort bekommen sie ein wenig Tageslicht, starren in den Himmel hinauf, suchen in den Wolken nach einem Flugzeug oder nach Superman. In jedem dieser Gitterkästen liegt ein Medizinball, mit dem die Gefangenen sich fit halten können. Das Wummern der gegen die Stäbe gedroschenen Bälle macht einen wahnsinnig. Nach dieser Stunde Frischluft werden die Insassen wieder in ihre Privatgruften gebracht, wo sie Monate oder Jahre auf den Tag der Vollstreckung warten. In diesen Räumen ist kaum genug Platz für all die Gedanken, Erinnerungen und Dämonen, die ihnen Gesellschaft leisten.

Ich weiß nicht mehr, ob ich bei dem kurzen Austausch mit Nummer dreiundvierzig stammelte, ob ich ihn ansah oder den Blickkontakt vermied. Fisch, Buttererbsen, gekochtes Ei, Zitroneneis, Käsekuchen, Cola light, so lautete seine Bestellung.

»Den Fisch mit Salz und etwas Knoblauch gewürzt. Und er soll gut durch sein, hörst du?«, wies er mich dreist an.

Zwei Tage später hatte ich alles für die Henkersmahlzeit von Häftling vier drei zusammen. Ich band mir die Schürze um und nahm mein Basecap ab, holte die Zutaten aus Kühlkammer und Vorratsraum und ordnete sie auf der Arbeitsfläche in der Reihenfolge ihrer Verwendung an. Die Zeremonie konnte beginnen. Zuerst kam der Fisch in die Pfanne. Er machte allerdings keinen besonders guten Eindruck, von den aufsteigenden Dünsten wurde mir übel. Dafür sahen die Erbsen ganz passabel aus, aber das Ei zerlief mir. Der Käsekuchen war ein Fertigprodukt der Marke Sara Lee. Als alles bereit war, benachrichtigte ich Pastor Goodwing, der sofort kam und die Mahlzeit segnete.

»Was ist das für ein Gestank?«, fragte er und murmelte mit halb geschlossenen Augen ein paar Worte.

Ich legte ein kariertes Tuch auf den Servierwagen, der als Tisch dienen würde, und stellte das Tablett darauf.

Es erstaunte mich, wie beklemmend sich der Weg zur Zelle des Todeskandidaten anfühlte. Ich trat beim Gehen stärker auf als sonst, alle sollten mich hören. Das Geräusch meiner Schuhe auf dem Betonboden ist ein Teil der Strafe. Ich bin ein Teil des Rituals. Alle Welt weiß, was nach mir und der letzten Mahlzeit kommt.

Vor Zelle dreiundvierzig hielt ich an. Ein Wachmann tippte den Code in die Schließanlage, die Tür öffnete sich. Ich trat ein und stellte den Wagen vor dem Häftling ab. Dann hob ich die Abdeckung des Tabletts hoch.

»Guten Appetit.«

Ich versuchte, mir nichts von dem wohligen Gefühl anmerken zu lassen, das mich in diesem Moment erfüllte, dem Gefühl, für einige Augenblicke zumindest, bedeutend und besonders zu sein.

Ich weiß nicht, was die Häftlinge empfinden. Ich weiß auch nicht, ob sie in der Nacht vor ihrer Hinrichtung Albträume haben, alten Erinnerungen nachhängen, viel oder wenig nachdenken. Eine Sache weiß ich allerdings genau: was sie zum letzten Mal essen oder auf dem Tablett lassen.

Die Vier-Drei bekreuzigte sich und sagte Amen.

Das Gleiche hatte Rosita am Abend ihrer Quinceañera getan, der Feier zu ihrem fünfzehnten Geburtstag. Rosita war die Tochter einer Freundin von Doña Elvira, womit ich de facto verpflichtet war, an diesem Fest teilzunehmen. Doña Elvira wollte, dass ich unter Menschen kam und mich ein wenig von den Videospielen löste. Ich ging zu dieser Zeit nicht viel raus. Yin-Xia, meine chinesische Nymphomanin, war gerade nach Fernost verschwunden und hatte mich neugierig und hungrig auf mehr zurückgelassen.

Doña Elvira empfahl mir, zur Abwechslung mal meine Haare zu kämmen und weder zerschlissene Jeans noch unter der Hüfte hängende Hosen mit Ausblick auf meine Boxershorts zu tragen. Das elegante Hemd und etwas Old Spice seien genau das Richtige. Widerwillig tat ich, was sie verlangte, und war überzeugt davon, dass es ein sehr kurzer Abend für mich werden würde. Als wir bereit waren, nahm ich heimlich ein paar Schlucke aus einer Flasche Tequila von Don Pascual, um meine Stimmung zu heben.

Zuerst gingen Mamá und ich zur Messe, dem Auftakt der Feier. Rosita sah aus wie eine Braut mit einem noch kindlichen Körper: weißes Kleid, Rosendiadem in den Haaren, Seidenhandschuhe über den pummeligen Fingern. Als sie die Hostie aus der Hand von Padre Alonso empfing und mit großer Hingabe betete, rollten ihr ein paar Tränen über die Wangen. Padre Alonso sprach von der Kanzel aus über die Verwandlung des Mädchens in eine Frau und erinnerte an Maria, die das Jesuskind durch das Wirken des Heiligen Geistes und ohne sexuellen Kontakt empfangen habe. Er empfahl Rosita, ihre blütengleiche Unschuld zu bewahren, bis Gott sie mit dem Sakrament der Ehe segne. Als Rosita den Mittelgang der Kirche entlang Richtung Tür schritt, hatte sie die Hände in devoter Haltung gefaltet. Auf meiner Höhe angekommen, zwinkerte sie mir verschwörerisch zu.

Das Wohnzimmer im Haus von Rositas Eltern glich einer Disco: eine von Stühlen gesäumte Tanzfläche, ein Buffet mit Sandwiches und Punsch in der einen, ein DJ-Pult in der anderen Ecke. Der Typ hinter den Plattentellern versuchte, die Gäste mit Musik der Bee Gees in Stimmung zu bringen. An der Decke hing eine Discokugel, deren Lichtblitze die Einrichtung und die jungen Gäste in ihrer lächerlich pompösen Kleidung beleuchteten.

»Du riechst gut, John Guadalupe«, raunte mir das Geburtstagskind von hinten ins Ohr. Sie hatte sich umgezogen, trug nun schwarze Leggings und eine weiße ärmellose Bluse und war dem Anlass entsprechend geschminkt. Hellblauer Lidschatten und karminroter Lippenstift ließen sie um einiges älter wirken, als sie war.

»Hier, nimm. Ist mit Schuss.« Sie reichte mir ihr Glas.

Anschließend zog sie mich bei einer Kuschelnummer auf die Tanzfläche. Als der Song zu Ende war, nahm sie meine Hand und führte mich in ihr Zimmer. Sie sperrte die Tür ab, erklärte mir, wir hätten nur ein paar Minuten, und stieß mich aufs Bett. Nachdem sie aus der engen Hose geschlüpft war, setzte sie sich auf mich und knöpfte meinen Hosenschlitz auf. Ich streifte ihr den Slip ab und warf ihn über die Nachttischlampe.

Das Eindringen in die noch unerschlossene Höhle war schwierig; als würde ich versuchen, einen Faden einzufädeln. Bei manchen Jungfrauen ist das so: Sie wollen, sie wollen nicht, öffnen die Beine, schließen die Beine, mal ja, mal nein. Bei Rosita hatte ich am Ende Glück und konnte meinen Docht versenken, während unten »Stayin' Alive« lief. Die Fünfzehnjährige schrie, ob vor Schmerz oder Lust, weiß ich nicht, und keuchte: »Ameeeeen! Ameeeeen!«.

Dann hörte ich Schritte vor dem Zimmer.

»Sei still!«, flüsterte sie und hielt einige Sekunden lang reglos inne. Auch ich verharrte steif und starr. Am liebsten hätte ich mich unter dem Bett versteckt, da ich fürchtete, Rositas Vater könnte etwas ahnen, die Tür eintreten und mich zu Hackfleisch verarbeiten. Ich malte mir schon das Entsetzen im Barrio aus und sah die vor Wut schäumende Doña Elvira vor mir. Aber nichts dergleichen geschah. Ein paar Sekunden später machten Rosita und ich weiter. Als sie danach das Licht einschaltete, sah ich aus den Augenwinkeln einen roten Fleck auf dem Laken.

Am Tag darauf schickte mir Rosita, die Fünfzehnjährige, einen Brief, um sich bei mir zu bedanken. Sie schrieb, sie werde ihr erstes Mal nie vergessen. Die Buchstaben waren rund und kindlich, die i-Punkte durch Herzen ersetzt.

In der Huntsville Unit hängt über dem Eingang zur Hinrichtungsstätte eine Uhr, die die Stunden und Minuten zwischen Leben und Tod markiert. Die Zeit hinter den dicken Backsteinmauern der Haftanstalt ist eine andere als die in der Welt draußen. Der Gefangene vier drei wartete in der Zelle neben der Exekutionskammer. Gemäß den Regeln hatte er noch Anrecht auf ein Bad und einen Telefonanruf. Er hätte auch noch mit dem Seelsorger sprechen können, die letzte Möglichkeit für eine Unterhaltung, aber das lehnte er ab.

Bei den Exekutionen sind die Angestellten des Polunsky-Gefängnisses anwesend (Chief Brown, Dr. Baier, Pastor

Goodwing, ich …), die mit dem Fall befassten Anwälte sowie ein vom Gericht bestellter Zeuge. Außerdem Angehörige der Opfer und Angehörige des Verurteilten, die in zwei getrennten Bereichen untergebracht werden. Die Hinrichtungskammer selbst ist ein kleiner Raum. In der Mitte steht eine Bahre mit weißen Laken und Gurten, um den Hinzurichtenden zu fixieren. Sowohl die Bahre als auch die Gurte, mit denen der Brustkorb und die Extremitäten des armen Teufels festgezurrt werden, müssen im Vorfeld auf einwandfreies Funktionieren geprüft werden. Zudem wird sichergestellt, dass die Direktverbindung mit dem Büro des Gouverneurs steht, falls in letzter Minute die Anweisung zum Abbruch der Hinrichtung kommen sollte.

Zuerst traten Mutter und Bruder des Todeskandidaten ein, gefolgt von Dr. Baier und, auf seinen Gehstock gestützt, Pastor Goodwing. Als Letztes kam, wie immer autoritären Ganges, Chief Brown. Anschließend brachten zwei Wachmänner den an Händen und Füßen gefesselten Häftling. Das letzte Stück durfte der Insasse selbst gehen, eine Handvoll Schritte. Er wurde auf die Bahre gelegt und so sorgsam festgeschnallt, dass man meinen konnte, man bereite ihn auf eine Trainingseinheit in der Humanzentrifuge vor. Dann wurden die Venenzugänge gelegt.

»Sie haben jetzt das Recht, einige letzte Worte zu sprechen«, sagte der Mann neben der Bahre.

Die Vier-Drei schwieg.

Dann gab einer der Vorgesetzten das Zeichen zur Vollstreckung. Pastor Goodwing bekreuzigte sich, reichte den Angehörigen die Hand, und gemeinsam begannen sie zu beten. Ich schloss mich der Fürbitte an, die ich auswendig konnte. *O mein Jesus, verzeih uns unsere Sünden! Bewahre uns vor dem Feuer der Hölle! Führe alle Seelen in den Himmel, besonders jene, die deiner Barmherzigkeit am meisten bedürfen. Amen.* Dabei tat ich, als würde ich den Tisch mit den Getränken vorbereiten, behielt den Blick aber fest auf die Vier-Drei gerichtet. Seinen Namen habe ich mir nie gemerkt.

Der Todgeweihte war aufgebahrt wie Jesus Christus kurz vor der Kreuzigung, seine Arme seitlich ausgestreckt, seine Augen starr zur Decke gerichtet, zu dem weißen Licht, das den Gefangenen so vertraut war. Das Licht, das Tag und Nacht in den Zellen brannte und ihnen den Schlaf raubte. Derweil wurde das Gemisch vorbereitet, die tödliche Lösung, die man anschließend in beide Arme injizierte.

Thiopental gaukelt dem Körper vor, er sei müde, er brauche eine Ruhepause, eine Siesta, von der er jedoch nie wieder erwacht.

Pancuroniumbromid lähmt Zwerchfell und Lungen und sorgt damit für einen Atemstillstand.

Kaliumchlorid führt zu Herzversagen.

Ein Arzt prüfte die Lebenszeichen: Um 14.25 Uhr stellte er den Tod von Häftling vier drei fest. Mein erster Abgang, der, den man nie vergisst.

Wir verließen den Hinrichtungsraum dicht hintereinander. Chief Brown informierte Dr. Baier und Pastor Goodwing darüber, dass er den Rest des Arbeitstags in Huntsville bleiben würde.

Menschen wie Brown haben ein ruhiges Gewissen, da sie sich einreden, ihre Arbeit sei gerecht und rechtens, gesellschaftlich notwendig, um die Ordnung zu wahren. Der Chief tat alles, damit seine Haftanstalt funktionierte wie von ihm vorgesehen, damit es, und das war ihm das Wichtigste, keine Klagen gab. Dazu kam er einmal wöchentlich mit seinen Kollegen zusammen, besprach mit ihnen die Abläufe im Gefängnis. Ich stellte mir vor, wie er am Tag der Hinrichtung abends nach Hause fuhr, sich ein Sandwich gönnte und anschließend einen Porno guckte, um sich einen runterzuholen. Vielleicht dachte er dann auch kurz an den Hingerichteten – wie er auf der Bahre gelegen hatte, festgeschnallt, den Tod vor Augen – und freute sich.

Möglich, dass er später noch beim Escortservice anruft und sich seine Lieblingsnutte ins Haus bestellt. Sicher liegt er schon nackt im Bett, wenn sie ankommt, einen Whiskey auf dem Nachttisch und bereit für den Service. Sie streift das Kleid ab, unter dem sie schwarze Lingerie trägt, und geht zum Angriff über. Sie weiß, wie und wo sie ihn anfassen muss, damit sich die Angelegenheit nicht übermäßig hinzieht. Nicht lang, und er liegt schlafend neben ihr. Sie nimmt die Scheine, die er unter der Flasche für sie deponiert hat, und verschwindet.

So oder so ähnlich erholte sich Chief Brown von einer Hinrichtung.

10

EIN PAAR TAGE SPÄTER war ich wieder in Huntsville, allerdings nicht wegen einer Hinrichtung, sondern um spazieren zu gehen. Wie es der Zufall wollte, saß Cathy ganz hinten in dem Bus, in den ich eingestiegen war. Sie hatte mich nicht bemerkt. Während der Fahrt gab ich mir große Mühe, mich nicht zu ihr umzudrehen, aber am Ende siegte der Wunsch, mit ihr zu sprechen. In Gedanken versunken, starrte sie auf den trockenen Boden, die sepiafarbene Sonne, die hohen Bäume. Es war derselbe Weg, den die Todgeweihten zu ihrer Hinrichtung zurücklegten. Sie stieg an der Haltestelle Madison Street aus. Ich folgte ihr. Sie trug Jeans, ein ärmelloses Shirt, einen leichten Pulli über den Schultern und Sandalen, die den Blick auf ihre prachtvollen und leicht geschwollenen Füße freigaben. Nach ein paar Häuserblocks blieb sie an einem Schaufenster stehen.

Wieder die gleiche Situation: Ich grübelte darüber nach, wie ich sie ansprechen sollte. Auch dieses Mal half mir mein Katalog an schlauen Sätzen aus der *Mäusestrategie* nicht weiter. Ich trat näher. Nachdem sie mir zur Begrüßung die Hand geschüttelt hatte, setzte Cathy eine Sonnenbrille auf. Ich erhaschte einen Blick in ihre Handtasche: Milky Way, Damenbinden, Kaugummi, Lipgloss, mehr konnte ich nicht erkennen. Rasch schob ich mir ebenfalls eine Sonnenbrille auf die Nase, meine falsche Ray-Ban, mit der ich gerne angab. Cathy erzählte mir, sie sei nach Huntsville gekommen, um dort ihren freien Tag zu verbringen. Sie zeigte auf ein Monument in der Ferne. Eine Säule mit einem Stern auf der Spitze, daneben die amerikanische und die texanische Flagge.

»Kommst du mit?«

Am Eingang des Texas Prison Museums informierte ein Schild auf Englisch und Spanisch: »Das Museum sammelt, konserviert und zeigt Objekte aus dem Gefängnisalltag sowie aus der Geschichte des amerikanischen Strafvollzugs, um seinen Besuchern einen Eindruck vom Leben verurteilter Straftäter zu vermitteln.« Ich bezahlte unsere Eintrittskarten und konnte mir dank meines Mitarbeiterausweises des Polunsky-Gefängnisses einen Rabatt sichern.

Der erste Ausstellungsteil war einer Zeit gewidmet, in der die zwanzig Kilometer nördlich von Huntsville gelegene Haftanstalt Ellis Unit noch der Vorhof des Jenseits gewesen war. Die ausgestellten Schwarz-Weiß-Fotografien aus dieser Epoche waren alle unscharf. Man konnte sich auch einen Film ohne Ton über die Ellis Unit ansehen. Er dauerte nur wenige Minuten und zeigte die alten Zellen, die sich von denen der Gegenwart allerdings nicht groß unterschieden. An einer Wand hingen Porträtfotografien von Todeskandidaten kurz vor ihrer Hinrichtung. Die Gesichtsausdrücke dieser Menschen waren mir nur allzu vertraut: einige von Wut erfüllt, andere ernst oder gar hoffnungsvoll, ausnahmslos alle jedoch mit einem traurigen Glanz in den Augen. In der Mitte hingen Bilder von Margie Velma Barfield und Karla Faye Tucker, den ersten Frauen, die seit Wiedereinführung der Todesstrafe 1976 hingerichtet worden waren.

»Wie ist es drinnen eigentlich?«, fragte Cathy, die sich jedes Porträt genau ansah.

»Wo drinnen?« Ich verstand nicht, worauf sie hinauswollte.

»Polunsky. Wie bist du da überhaupt gelandet?«

Ich erzählte ihr, die Personalabteilung habe mich unter Hunderten von Kandidaten ausgesucht und meinen Werdegang genau studiert. Letzten Endes seien die Empfehlungsschreiben früherer Arbeitgeber, größtenteils Nobelrestaurants in Paris, Italien und Barcelona, ausschlaggebend gewesen.

»Dann bist du also ein Fünf-Sterne-Koch oder wie?«

»Na ja, fast.«

In einem anderen Teil des Museums wurde erklärt, dass die übliche Hinrichtungsmethode im früheren Texas, also nach der Abspaltung von Mexiko, das Erhängen am Galgen war. In einer der Vitrinen lag sogar ein Strick aus, der vor vielen Jahren die Genicke zum Tode verurteilter Verbrecher gebrochen hatte. Der Museumsführer erzählte die Geschichte von Josefa »Chipita« Rodriguez. Mitte des neunzehnten Jahrhunderts hatte ein Gericht sie für schuldig befunden, einen Pferdehändler ermordet zu haben. Die gute Chipita soll dem Mann den Schädel mit einer Axt gespalten haben, um an dessen Gold zu kommen. Die Legende besagt, der Geist von Chipita spuke immer noch zwischen den Mesquitebäumen in San Patricio County umher, wo man sie einst aufgeknüpft hatte.

»Als Mexikaner glaubst du doch sicher auch an Gespenster, Erscheinungen, La Llorona und all diese Sachen, oder?«, fragte Cathy mit leicht stichelndem Unterton.

»Nun, im Jenseits gibt es Leben, das um einiges realer als die Realität ist«, antwortete ich.

Im nächsten Ausstellungsraum befand sich die Besucherattraktion des Museums: ein elektrischer Stuhl, auf dem in einem Zeitraum von dreißig Jahren insgesamt dreihunderteinundsechzig Personen hingerichtet worden waren. Er trug den Spitznamen Old Sparky und bestand fast vollständig aus Holz. An seinen Seiten baumelten Lederriemen zum Festschnallen der Todeskandidaten. Nach der Fixierung wurden Elektroden angelegt, eine am Kopf, eine am Fuß. Es folgten fünf Stromstöße, abhängig vom Gewicht der Person auf dem Stuhl auch mehr.

Der Anblick des schaurigen Todesthrons schien Cathy kaltzulassen. Mich hingegen erfüllte er mit morbider Neugier, genauso wie die tuschelnden Museumsbesucher links und rechts von mir.

»Der elektrische Stuhl wird heutzutage nicht mehr verwendet. Außer der Hinzurichtende selbst besteht darauf«, merkte der Museumsführer an.

»Belieben Ihre Majestät, Platz zu nehmen?«, scherzte ich.

Cathy wirkte verärgert und erklärte den Museumsbesuch für beendet. Wir gingen zur Haltestelle und stiegen in den Bus Richtung West Livingston. Um sie aufzumuntern, erzählte ich ihr von den Reisen zu meinen Verwandten in Michoacán, einem Landstrich, den ich selbst kaum kannte und der ganz anders war als alles in Texas.

»Das Land ist grün und bringt unzählige Früchte hervor. Wenn du doch nur mal die Avocados oder Mangos von dort probieren könntest! Es gibt unglaublich süße Erdbeeren und Brombeeren und auch Bananen und Zitronen. Dazu Agaven, deren Saft man den Nektar der Götter nennt. Die Aromen, die Düfte, alles dort ist magisch. So einen blauen Himmel und solch weiße Wolken wie dort hast du noch nie gesehen«, übertrieb ich.

Ich gab ihr meine Adresse, und wir verabredeten uns für später. Wir wussten beide, wofür.

Ich setzte Wasser auf und gab Knoblauch, Salz und ein Stück Zwiebel hinzu. Als die Pasta fertig war, beträufelte ich sie mit Öl und rieb den kurz zuvor gekauften Parmesan darüber. Dann deckte ich den Tisch. Zwei Teller, Besteck, Gläser. Kaum hatte ich die auf dem Boden verstreute Schmutzwäsche aufgesammelt, klingelte es. Ich ging zur Tür und bat Cathy herein. Während sie sich setzte, öffnete ich mit dem Korkenzieher meines Schweizer Taschenmessers einen Wein, obwohl ich viel eher Lust auf eine Flasche kaltes Bier gehabt hätte. Wenn Doña Elvira mich in diesem Augenblick hätte sehen können, wäre sie sicher stolz darauf gewesen, dass ihr Sohn eine Frau mit Stil zu erobern wusste.

Wir unterhielten uns, tauschten die typischen Nichtigkeiten aus, die bei einem ersten Kennenlernen üblich sind: Was hörst du für Musik? Was ist dein Lieblingsessen? Hast du Geschwister? Wie alt bist du eigentlich? Wohin würdest du reisen, wenn Geld keine Rolle spielt?

»Paris!«, rief sie begeistert.

Wir leerten zwei Flaschen. Nachdem wir die Teller in die Küche gebracht hatten, stellte ich mich hinter sie. So konnte ich ihre Schultern betrachten, ihre straffe, von einem feinen goldenen Flaum überzogene Haut. Ich trat noch näher und roch an ihrem frisch gewaschenen Haar. Es duftete nach Minze oder grünen Orangen. Dann konnte ich mich nicht mehr zurückhalten und biss sie sanft in den Nacken.

Catherine drehte sich zu mir um. Wir küssten uns, und ich führte sie zum Bett.

»Noch nicht, John Guadalupe. Warte.«

Sie ging ins Bad. Als sie zurückkam, riss ich sie an mich. *Komm schon, Perle.* Ich küsste sie. Dann streifte ich ihr die Bluse und den BH ab und biss in einen ihrer roten, harten Nippel. Ich wusste, dass es ihr wehtat, aber sehr wahrscheinlich auch gefiel. Ich knöpfte ihr die Hose auf, zog sie runter und begann, sie mit den Fingern zu erforschen. Erst nur mit einem, dem Zeigefinger, dann auch noch mit dem Mittelfinger. Sie war feucht. Am liebsten hätte ich ihr die ganze Hand reingesteckt. Ich erfühlte ihr Inneres, so glatt und rau zugleich. Sie wurde noch feuchter, wiegte sich hin und her, stöhnte. Als ich meine Finger zurückzog, flutschten sie förmlich heraus.

»Hast du Kondome?«

Ich sagte Nein und dass ich's nicht mit Gummi mache.

Nachdem ich sie gevögelt hatte, stand ich auf und machte das Licht an. Sie blieb liegen. Auf ihrem Körper und den Laken waren meine Fingerabdrücke verteilt, einer neben dem anderen. Die dunkelrote Farbe, die Farbe des dicken, warmen, köstlichen Blutes, bildete einen starken Kontrast zu ihrer hellen Haut.

Die Abdrücke schienen wie eine Fährte, die Spuren meiner Leidenschaft und meiner Begierde.

Cathy lag immer noch im Bett und rang nach Luft.

11

IST ES TEIL DER MENSCHLICHEN NATUR, sich am Spektakel des Todes zu ergötzen? Im alten Rom gab es das Kolosseum, in dem sich Tausende versammelten, um dabei zuzusehen, wie die Gladiatoren sich gegenseitig massakrierten und später den Löwen zum Fraß vorgeworfen wurden. Das Publikum applaudierte während des Gemetzels und forderte am Ende sogar den Tod und das Blut der Besiegten. Nicht zu vergessen auch die Zeit, in der man Frauen verfolgte, die man für Hexen hielt, um sie vor der versammelten Gemeinde bei lebendigem Leibe zu verbrennen. Öffentliche Hinrichtungen durch Erhängen und Enthaupten waren an der Tagesordnung, Steinigungen und Häutungen ebenfalls. Im Grunde ist es heute immer noch so. Die Medien liefern Bilder von Kriegsschauplätzen und terroristischen Gräueltaten, und unsere Gier nach Morbidem hält uns davon ab, die Bildschirme auszuschalten oder wegzusehen. Im Laufe der Geschichte hat der Mensch eindrücklich sein grausames und sadistisches Wesen unter Beweis gestellt: Die Schmerzen und die Erniedrigung anderer bereiten uns Vergnügen.

Wenn ich in die Gesichter der zum Tode Verurteilten sehe, habe ich nicht selten den Eindruck, dass sie einer irrsinnigen Hoffnung nachhängen. Einige schauen mich ungeduldig, fast schon flehentlich an, ganz so, als könnte die Mahlzeit, die ich ihnen bereite, ihr Leben verlängern. Andere hingegen verachten und ignorieren mich, obwohl jeder von ihnen weiß, dass von meiner Person das letzte sinnliche Vergnügen ihrer Anwesenheit auf Erden abhängt. Wie konnte es dazu kommen, dass gerade ich mich in einen derart wichtigen Menschen für die Insassen verwandelt hatte? Unter ihnen hatte es einige gegeben, die mir förmlich das Tablett aus den Händen rissen, sich auf das Essen stürzten und fast schon verzweifelt die Mahlzeit verschlangen. Es war allerdings auch vorgekommen, dass der Hinzurichtende mir das Tablett mit der Henkersmahlzeit unangetastet zurückgab, weil er naiverweise glaubte, auf diese Art gegen das »System« rebellieren zu können. Mir war das egal. Letztendlich waren *sie* diejenigen, die mit leerem Magen starben, nicht ich.

Conan Smith entführte in einem Einkaufszentrum den sechsjährigen Ray. Später zerstückelte er den Jungen. Gliedmaßen und Rumpf fand man direkt neben dem Haus des Mörders in ein paar Blumentöpfen. Der Kopf des Kindes blieb jedoch verschwunden. Rays Familie stellte eine ansehnliche Summe für Hinweise zum Verbleib des vermissten Körperteils in Aussicht, aber die Suche war erfolglos. Nach einer Reihe von Verhören gestand Conan Smith schließlich das Verbrechen in einem über zwanzigseitigen Brief. Dort erklärte er, Beelzebub persönlich habe im Schlaf zu ihm gesprochen und die Tat befohlen. Wie der auserwählte Junge aussehe, wo und zu welcher Zeit er anzutreffen sei, all das habe er ihm mitgeteilt. Blut und Körper des Kindes seien die vom Teufel geforderte Opfergabe gewesen.

Nach dem Geständnis begann Smith einen Hungerstreik. Seine Forderung: Er wollte unverzüglich hingerichtet werden, um sich schnellstmöglich mit seinem Herrn und Gebieter vereinen zu können. Es war eine aberwitzige Situation, mit der Smith sich nur selbst schadete. Ich erfüllte weiterhin meine Pflicht gegenüber dem Gefangenen und gab ihm zu essen. Damit handelte ich jedoch den Anweisungen von Chief Brown zuwider, der meinte, das Spektakel sei beschämend für das Polunsky und ich solle dem hungerstreikenden Insassen nichts mehr zu essen bereiten. Ich schob Smith trotzdem morgens, mittags und abends das Tablett durch die Luke in der Zellentür. Er gab es mir jedoch jedes Mal unangetastet zurück. Ein paar Tage später wurde er auf die Krankenstation verlegt und über eine Sonde mit Nahrung versorgt.

Bei der Krankenstation handelte es sich um einen kleinen Trakt des Polunsky-Gefängnisses, nicht weit von der Küche entfernt. War einer der Insassen verletzt oder erkrankt, musste ihm das Tablett mit dem Essen dorthin gebracht und anschließend wieder abgeholt oder von den Wachen an uns zurückgeschickt werden. Den Dienst am Empfangstresen der Krankenstation verrichtete meist eine hübsche Schwester namens Wendy.

»Und, isst er schon wieder?«, fragte ich sie mit geheucheltem Interesse.

»Smith? Nein«, antwortete Wendy. »Der Doktor sagt, er habe bereits kognitive Einschränkungen. Er spricht nicht einmal mehr.«

Nach vierzig Tagen war Smith am Ende und entschied sich, seinen ineffizienten Protest zu beenden. Man teilte mir mit, ich solle beim medizinischen Personal in Erfahrung bringen, was der Mann nach so langer Zeit ohne Nahrung überhaupt zu sich nehmen könne.

Die schmucke Wendy nahm sich etwas Zeit, um mich über die Ernährung von Smith in den ersten Tagen nach dem Hungerstreik zu informieren. Zuerst nur Flüssigkeiten, dann nach und nach breiige und feste, aber stets ungewürzte Nahrungsmittel. Er war spindeldürr, als man ihn wieder in seine Zelle brachte. Ich folgte den Anweisungen der Krankenschwester, musste aber beim Zubereiten seiner Mahlzeiten so manches Mal daran denken, wie ungerecht es doch war, den Mann nicht den selbst gewählten Hungertod sterben zu lassen. Wenn jemand unbedingt mit La Pelona ziehen wollte, dann sollte man ihn nicht aufhalten.

Als seine Stunde geschlagen hatte, bestellte Conan Smith als Henkersmahlzeit nur eine Olive, nichts weiter. Er sagte, durch das Verspeisen der Olive würde später ein Olivenbaum aus seinem Leichnam wachsen, ein Symbol für Frieden und Vergebung.

Fasten und Maßlosigkeit ähneln sich viel mehr, als man denkt. Bei beidem geht es um Bestrafung und vielleicht auch um Reue. Im Fernsehen gibt es brutale Wettbewerbe, bei denen die Kandidaten versuchen müssen, in einem festgelegten Zeitraum möglichst viele Hotdogs oder Hamburger zu verschlingen. Die Teilnehmer, die nicht notwendigerweise übergewichtig sind (wofür ich sie beneide), stellen ihre Verdauungsorgane auf eine harte Probe, nur um am Ende der Sendung als Sieger gefeiert zu werden. Der Schlüssel zum Erfolg besteht darin, den Magen zu dehnen, weshalb sie vor dem Wettkampf große Mengen Wasser trinken. Was für Typen.

Maßlosigkeit heißt nicht nur weiterzuessen, obwohl man bereits satt ist. Oder sich vollzustopfen, um des Vollstopfens willen.

Maßlosigkeit heißt auch:

In eine Eisdiele gehen und alle Sorten durchprobieren, obwohl man sie nicht mag.

Vögeln, einfach weil man es kann.

Essen, ohne dass einem der Magen knurrt.

Saufen, obwohl man bereits kotzen musste.

Töten aus Lust am Töten.

12

MEHL, EIER, EINE PRISE SALZ. Dazu Milch, Öl, Vanilleextrakt und ein Teelöffel Backpulver für die gewisse Luftigkeit. Nach vierzig Minuten bei einhundertachtzig Grad verströmt die Mischung im Ofen ein unwiderstehliches Aroma.

Selene hatte Geburtstag, und wir waren fest entschlossen, zünftig zu feiern. Ich zauberte ein wahres Festbankett: Zwiebelsuppe, Rinderfilet in Senfsoße, Ratatouille, als Nachtisch Profiteroles und den selbst gebackenen Kuchen aus dem Ofen. Ich fuhr das volle Programm auf, Blackie Malcolm, der die Zutaten besorgt hatte, sei Dank. Er war mit seinem Pick-up direkt vor den Lieferanteneingang gefahren, den Kofferraum voller Tüten, Netze und Kisten. Die Lebensmittel wurden rigoros kontrolliert, aber an diesem Tag schaffte er es, meine Bestellung, sogar den Tequila, ohne Probleme in die Küche zu bringen. Sánchez und Tiwa dekorierten den Raum mit Papierschlangen und Luftballons. Der Panamaer setzte sich sogar einen schwarzen Sombrero auf und trällerte ein Liedchen.

»Por la esquina del viejo barrio lo vi pasar, con el tumbao que tienen los guapos al caminar …«

Ich forderte Tiwa zum Tanzen auf, aber sie wollte nicht.

Als Selene kam, drückte ich ihr einen Tequila in die Hand.

Dann sangen wir ihr ein Geburtstagsständchen, »Las Mañanitas«, allerdings sehr leise, da die Wachen uns nicht hören durften. Sie schien sich sehr über die Geste zu freuen und umarmte uns der Reihe nach.

Anschließend verteilte ich ein paar Gläser, und wir stießen auf das Geburtstagskind an. Dann setzten wir uns zum Essen.

Es war ein Fest. Da meine Arbeitskollegen die französische Küche nicht besonders gut kannten, konnte ich sie beeindrucken. Die Zubereitung war nicht so kompliziert wie anfangs angenommen, und die Gerichte schmeckten ihnen ausgezeichnet.

Im Radio lief Musik. Blackie Malcolm trommelte mit den Fingern auf dem Tisch, und Sánchez zeigte Tiwa ein paar Tanzschritte. Sie war etwas lockerer geworden, so locker, dass sie sich den schwarzen Sombrero von Sánchez aufsetzte. Ich schnappte mir Selene und tanzte mit ihr einen Reggaeton. Mit dem Arm um ihre Taille, drückte ich sie an mich. Dann begann ich selbst, meine Hüften à la Elvis zu schwingen, was ihr, so glaube ich zumindest, nicht besonders gefiel, denn kaum waren wir in Gang gekommen, wollte sie sich ausruhen.

Nach der Tanzeinlage setzten sich alle wieder um das Geburtstagskind herum, und wir stießen noch einmal auf Selene an. Sie war so gerührt, dass sie sich mit Tränen in den Augen bei uns bedankte. Dann wurde sie melancholisch und erzählte uns ihre Geschichte. Mit gerade mal sechzehn Jahren hatte sich Selene durch Mexiko und die Wüste von Arizona gequält, um zu ihrem Freund zu gelangen, der bereits einige Monate zuvor über die Grenze gegangen war. Er hatte einen Schlepper organisiert, die Route ausgekundschaftet und erwartete sie im Norden.

»Um es über die Grenze zu schaffen, muss man an Gott glauben«, sagte sie seufzend, »und um danach zu überleben, ebenso. Er hat mich betrogen. Als ich bei ihm ankam, war er schon mit einer anderen zusammen. Jetzt seid ihr meine Familie.«

Wir hörten Schritte. Die Tür ging auf, und herein kam Dr. Baier. Verwundert blickte sie auf die Dekoration und das Essen.

»Was ist denn bitte schön hier los?«

Überraschenderweise setzte sie sich zu uns und ließ sich von mir Tequila und Kuchen servieren. Dann wollte sie wissen, ob es auch eine Piñata gebe, was ich verneinte.

»Wie alt sind Sie geworden, Selene?«

»Fünfundzwanzig.«

Die Antwort schien die Frau Doktor mit Nostalgie zu erfüllen. Sie nahm einen großen Schluck aus ihrem Glas und erzählte von ihrem früheren Leben. Ihre Geschichte war allerdings ziemlich langweilig, die klassische Story der Studentin, die sich in ihren Dozenten verliebt. Dr. Baier berichtete, dass der Mann eine Koryphäe auf dem Gebiet der klinischen Psychiatrie gewesen sei. Sie habe als seine Assistentin gearbeitet und sich Hals über Kopf in ihn verliebt. »Wir heirateten, aber wir hatten keine Kinder. Es klappte einfach nicht.« So fasste sie die Angelegenheit zusammen und beendete die Geschichte, was im Grunde nur bedeutete, dass es noch sehr, sehr viel mehr zu erzählen gegeben hätte.

»Ach, Mädchen, auch ich habe vor vielen Jahren mein Herz verloren«, seufzte sie. Dann umarmte sie Selene, und beide heulten.

Als ihr Mann gestorben war, entschied Dr. Baier, wohltätige Arbeit im Strafvollzug zu leisten. Nach ein paar

Schritten auf den Fluren von Polunsky habe sie gewusst, dass sie bleiben würde.

»Dieser Ort hat einfach irgendwas, das einen anzieht, packt und nicht wieder loslässt«, erklärte sie. »Ganz gleich ob draußen oder drinnen, wir alle sind unsere eigenen Richter.«

Ich weiß auch nicht so recht, wie das Gespräch von der Liebe zu den Gefangenen überging. »Auch diese Menschen lieben und haben Liebesgeschichten zu erzählen«, sagte Dr. Baier. Dann erzählte sie uns von einem Mann, der wegen dreifachem Polizistenmord seit fünfzehn Jahren im Polunsky einsaß. Selbstverteidigung, wie er behauptete.

Er maß fast zwei Meter und wog so viel wie ein Bär. Unter diesen Knochenmassen und Muskelbergen schlug jedoch ein leidenschaftlich liebendes, wenn auch berechnendes Herz. In Polunsky nannten ihn alle nur Don Juan, denn er gab regelmäßig Anzeigen in der Lokalzeitung auf, genauer gesagt in der Rubrik »Einsames Herz sucht …«. Mein Namensvetter eroberte Dutzende Frauen mit romantischen Briefen, die er ihnen aus seiner Zelle schrieb. Jeder einzelnen dieser Damen schickte er schwärmerische Gedichte und feurige Liebesschwüre. Ganz nebenbei bat er sie, das ein oder andere Sümmchen auf ein bestimmtes Bankkonto einzuzahlen – ein Fonds, den er nach seiner Freilassung nutzen wollte, so versicherte er, um mit der Angeschriebenen zusammen in die Karibik zu verschwinden und an weißen Stränden Piña Coladas zu schlürfen. Gerüchten zufolge schnorrte er so mehr als fünftausend Dollar zusammen.

Dann unterlief ihm allerdings ein folgenschwerer Fehler. Er schickte einer seiner Flammen einen für eine andere Liebhaberin gedachten Brief. Dummerweise hatte dieser auch noch denselben Wortlaut wie sein letztes Schreiben an die falsche Adressatin. Aufgebracht stellte die Besitzerin des einsamen Herzens den Gefangenen zur Rede und sorgte anschließend mit ihrer Geschichte für ein riesiges Medienspektakel. Die Liebhaberinnen taten sich zusammen und verlangten von Don Juan, entweder Wort zu halten oder das Geld zurückzuzahlen. Zeitweise belagerten kleine Heerscharen von betrogenen und verbitterten Frauen die Tore der Haftanstalt. Don Juan argumentierte indes, er habe keiner dieser Damen seelischen Schaden zugefügt. Ganz im Gegenteil, seine Zeilen seien ein Segen für diese verletzlichen und nach Liebe und süßen Worten gierenden Kreaturen gewesen. Anstatt nun Geld von ihm zurückzuverlangen, sollten sie ihm lieber dankbar sein.

Nach dieser Episode wurde der Briefverkehr zwischen den Gefangenen und der Außenwelt überwacht.

Don Juan verbrachte die folgenden Jahre vergleichsweise einsam, bis man die Strafe für das von ihm begangene und fast in Vergessenheit geratene Verbrechen vollzog: den Mord an drei Uniformträgern. Als ich zu ihm ging, um die Bestellung für seine Henkersmahlzeit aufzunehmen, war er in sehr schlechter Verfassung. Er zitterte am ganzen Körper, schwankte hin und her und stammelte bei seinen Antworten. Zudem sah er blass aus und schien mehrere Kilo abgenommen zu haben. Es war offensichtlich, er litt unter dem Todestraktsyndrom.

Pastor Goodwing hatte mich bereits über dieses eigenartige Leiden informiert. Auslöser war die Gewissheit, an einem festgesetzten Tag zu sterben, und die damit verbundene Furcht. Die Gefangenen aßen nicht mehr und fanden keinen Schlaf. Sie hatten Angst vor der Zeit, ganz gleich ob Monate oder Jahre, die sie eingesperrt auf den Moment warten mussten, an dem sie ihrem Richter gegenübertraten, um mit ewiger Verdammnis belegt zu werden oder (hoffentlich) Vergebung zu erfahren. So versicherte es mir zumindest der Pastor. Was er nicht erwähnte, war die Tatsache, dass so etwas auch denen widerfahren konnte, die nicht im Gefängnis saßen. Fakt war, die Strafgefangenen wurden durch die lange Zeit hinter Gittern verrückt, und niemand, wirklich niemand konnte ihnen helfen. Nicht Dr. Baier mit ihrem Psychogelaber, nicht Pastor Goodwing mit seinen Predigten und auch ich mit meinen Kochkünsten nicht.

Don Juan bestellte Pancakes mit Ahornsirup und Speck, dazu Orangensaft. Der Saft kam aus dem Tetra Pak, weil ich, Faulpelz, der ich war, keine Lust hatte, extra Orangen auszupressen. Der Schürzenjäger aß wenig. Die Angst hatte ihm den Appetit verdorben.

»Was ist los? Hats nicht geschmeckt?«, fragte ich, als ich das Tablett abholte. Anstatt zu antworten, zuckte er nur mit den Schultern, rollte dann die Augen nach hinten und streckte die Arme zur Decke aus. Es war, als wäre er in Trance gefallen. Zur Krönung begann er plötzlich, eigenartige Verse zu rezitieren. Ich wusste nicht so recht, was ich tun sollte. Offensichtlich hatten die Liebe und der Hunger ihm den Verstand geraubt.

Es gibt eine Frage, die ich mir immer wieder stelle. Was würde *ich* bestellen, bevor ich sterbe? Wahrscheinlich Chilaquiles mit grüner Salsa (anständig scharf natürlich) und Käse, Sour Cream und Zwiebeln drüber. Ein Baguette. Nachos mit Salz und Zitrone. Oder vielleicht auch etwas Ausgefalleneres, zum Beispiel Spargel in Butter, Salade niçoise und ein Schokoladenfondue als Nachtisch.

Aber wem mache ich was vor? Ich hätte wahrscheinlich

einen riesigen Knoten im Hals, der mir die Speiseröhre zudrücken und das Schlucken unmöglich machen würde. Allein beim Gedanken, auf die Bahre in der Todeskammer geschnallt zu werden, würde sich mein Magen vor lauter Gallensaft verkrampfen. Und wenn ich meinen letzten Seufzer täte, dächte ich wahrscheinlich daran, dass ich zwar Dickerchen, Gringas, Asiatinnen und Fünfzehnjährige gevögelt, aber nicht einen einzigen Liebesbrief geschrieben hatte.

Harold Résendiz, neunundfünfzig Jahre alt. Verurteilt wegen Mordes an zwei Männern und einer Frau. Das weibliche Opfer wurde vor dem Tod geschlagen und sexuell missbraucht.

Henkersmahlzeit: Spaghetti bolognese, ein paniertes Schnitzel, Traubensaft und eine Tafel Zartbitterschokolade.

Letzte Worte: »Ich möchte Gott und meiner Mutter danken. Ich bin bereit.«

13

FÜR DIE INSASSEN eines Hochsicherheitsgefängnisses wie dem Polunsky besteht der Monat nicht aus dreißig verschiedenen Tagen. Sie erleben in einem Monat dreißigmal denselben Tag, und die vierundzwanzig Stunden dieses Tages kondensieren für diese Menschen zu einer einzigen immer wiederkehrenden, unendlich scheinenden Stunde.

Für die Aufseher ist die Arbeit im Polunsky trist und langweilig, sie sind frei von jeglicher Ambition. Mit Schichtbeginn unterbrechen sie ihr Leben und lassen alles zurück. Dann haben sie keine Familien mehr, keine Hobbys, keine Alltagsprobleme. Innerhalb dieser Mauern erstarrt alles.

Für mich ist es anders, die Zeit auf meiner Uhr wird eingeteilt von Frühstück, Mittag-, Abendessen. Ich messe sie nicht in Minuten, sondern mittels der Kochzeit der Pasta, der Erwärmung des Backofens, des Auftauens des Truthahns. Ich weiß genau, wie lange die Planung der Gerichte in Anspruch nimmt und wie lange es dauert, bis Dampf aus dem Schnellkochtopf aufsteigt. Die Zeit ist eine andere, wenn ich grüne Salsa zubereite, denn dann denke ich an Doña Elvira und an den Geruch ihrer Küche, diese Mischung aus frischem Koriander und Schmortomaten. Nicht selten zwang sie mich dazu, von einer grünen Chilischote abzubeißen, roh natürlich und ohne Soße oder Dressing, nicht einmal Wasser durfte ich danach trinken. So wollte sie mich ans scharfe Essen gewöhnen, so wollte sie einen Mann aus mir machen.

Brown rief in der Küche an. Wie immer ließ er mich ein paar Minuten in der Warteschleife hängen. Das Gedudel von *Der Clou* ging mir mächtig auf die Nerven. Er bestellte Chili con Carne, das allseits bekannte Tex-Mex-Gericht, das weder von hier noch von dort ist. Hackfleisch, rote Bohnen und geschälte Tomaten aus der Dose, Zwiebeln, Knoblauch, Paprika. Die saure Sahne und den geriebenen Cheddar gab ich in zwei tiefe Schalen und stellte sie daneben.

Der Chief nutzte den Speisesaal eigentlich nur, wenn er Besuch hatte oder zusammen mit Baier und Bosco aß. Es handelte sich um einen rechteckigen Raum, in dessen Mitte ein Tisch für zwölf Personen stand. Durch das Fenster konnte man in den zentralen Garten der Haftanstalt blicken, diesen Innenhof mit seinem stets makellos gemähten Rasen und dem Baum in der Mitte.

Als ich den Raum betrat, um das Essen zu servieren, saß der Chief an der Stirnseite des Tisches, neben ihm Baier und der stark hustende Bosco. Mit ihnen an der Tafel saßen mehrere schwarz gekleidete Männer mit ernsten Mienen, die mich eigenartig anschauten. Kurz bevor Tiwa und ich wieder aus dem Speisesaal verschwanden, hörte ich, dass es bei dem Treffen um die Verbesserung der Sicherheit im Polunsky ging. Anscheinend waren die schwarz gekleideten Besucher der Meinung, dass die Kameras, die jede Ecke, jede Nische des Gefängnisses erfassten, überprüft und auf den neuesten Stand gebracht werden sollten.

»Aus diesem Gefängnis flieht niemand. Dafür sorge ich höchstpersönlich«, sagte Brown.

»Noch etwas Mineralwasser gefällig?«, fragte ich in die

Runde, um Zeit zu schinden und zu erfahren, über was sie redeten.

»Wie Sie wissen, meine Herren«, fuhr Chief Brown fort, meine Frage ignorierend, »sehen unsere Wachen alles, was im Polunsky geschieht. Außerdem unterhalten wir eine Überwachungszentrale, in der speziell geschulte Mitarbeiter rund um die Uhr damit beschäftigt sind, jede Bewegung in dieser Haftanstalt zu beobachten. Am Ende laufen die Fäden jedoch bei mir zusammen, ich sehe alles. Genießen Sie Ihr Essen. Guten Appetit.«

Auch wenn Brown sich oft derart blasiert gab, war es bei ihm doch genauso wie bei uns anderen und den Insassen auch: Seine Zeit war begrenzt. Nicht nur die zum Essen, auch die auf dem Erdenrund.

Als ich nach Schichtende die Haftanstalt verließ, traf ich draußen auf eine Gruppe Demonstranten, die auf der Hauptstraße von West Livingston entlangmarschierte. Unter ihnen waren Frauen, Männer mit Kleinkindern auf den Schultern, Nonnen. Alle unterwegs nach Polunsky, von wo ich gerade kam. Einige von ihnen trugen T-Shirts, auf denen ein kreisrundes Verbotszeichen mit Galgenstrick oder Giftspritze aufgedruckt war, darunter der Spruch »Sag Ja zum Leben!«. Die Demonstration richtete sich gegen die Verbrechen, die nach Meinung der Aktivisten in Huntsville stattfanden, ebenso gegen die Misshandlungen, die sie im Polunsky vermuteten. Aufgebracht skandierten sie ihre Slogans und wedelten mit Pappschildern in der Luft herum. Offensichtlich glaubten sie, mit derartigen Protesten das Gefängnissystem verändern zu können.

»Hinrichtung ist keine Lösung!« Oder: »Die Todesstrafe ist rassistisch!«

Solche und ähnliche Sprüche waren mit leuchtenden Farben auf die Pappschilder der Protestierenden gemalt. Die Masse schien wie besessen, rasend, in Ekstase.

Ebenfalls vor Ort war ein Politiker, ein Kandidat für den Gouverneursposten mit lateinamerikanischen Wurzeln, der es in Texas zu einer gewissen Popularität gebracht hatte, da er sich, wenn auch erfolglos, für die Abschaffung der Todesstrafe engagierte. Er hielt gerade eine Rede: »Die Freilassung von Robert Rodriguez in Florida ist ein wunderbarer Erfolg. Trotzdem liegt noch jede Menge Arbeit vor uns. Wir werden nur siegen, wenn wir weiter protestieren, weiter aufklären und uns weiter organisieren, um gegen diese Ungerechtigkeit vorzugehen.«

Nach ihm kam eine Frau an die Reihe, die aufgebracht gegen die vermeintliche Misshandlung von Insassen in der Polunsky Unit wetterte.

»Immer wieder werden unschuldige Personen verurteilt. Wegen Fehlern in der Strafverfolgung, wegen Nachlässigkeit und auch aus Rassismus. Sieht so etwa Gerechtigkeit aus?«

»Nein!«, schrien alle wie aus einer Kehle. Auch ich ließ mich hinreißen und spürte, wie ansteckend die Euphorie war. Kurz darauf streckte ich sogar triumphierend die Faust in die Luft. Dann drückte mir jemand ein Flugblatt in die Hand, auf dem mehrere Gründe für die Abschaffung der Todesstrafe aufgeführt waren. Ich zerknüllte den Zettel und warf ihn in einem unbeobachteten Moment weg.

Plötzlich tauchte vor mir eine Kamera mit dem Logo eines bekannten Nachrichtensenders auf. Ein klein gewachsener Mann hielt mir ein Mikrofon unter die Nase, und zwar so nah, dass es meine Lippen berührte. Er wirkte aggressiv, lästig wie eine Schmeißfliege.

»Guten Tag, ich bin Tim Keller vom Sender WCB. Was denken Sie: Ist die Todesstrafe wirksame Prävention oder gerechte Bestrafung?« Überrascht blickte er auf das Namensschild, das um meinen Hals baumelte und mich als Mitarbeiter der Haftanstalt auswies. »Arbeiten Sie etwa im Polunsky?«, hakte er nach.

Plötzlich tönte schrille Musik aus einem der Lautsprecher und sorgte für Ablenkung, sodass ich um die Antwort auf seine Frage herumkam. Als Nächstes liefen nicht weit von uns ein paar Dutzend Menschen zusammen und bildeten einen Kreis, aus dessen Mitte eigenartige Geräusche drangen. Ich trat näher und sah, dass Catherine und ein paar andere Frauen dort standen und sich gerade auszogen. Halb nackt und mit roter Farbe besudelt, warfen sie sich auf den Boden: Cathy in Embryostellung, ein paar andere rücklings mit abgespreizten Armen und Beinen. Hinter dem Spektakel wurde ein großes Transparent der Organisation *Stop The Killing* ausgerollt. »Mörder ermorden, weil Mord falsch ist?« stand darauf geschrieben. Dann trat ein als Scharfrichter verkleideter Mann auf, dessen Körper und Gesicht von einer schwarzen Tunika bedeckt waren. Er legte den Frauen Galgenstricke um den Hals, worauf diese spastisch zappelnd den Todeskampf simulierten und dann reglos liegen blieben. Der Anblick erregte mich.

Mit geschlossenen Augen blieben die Frauen kurz liegen.

Dann war die Vorstellung vorbei, und die Ladys standen auf, als wäre nichts gewesen. Keller trat sofort an sie heran. Offensichtlich hatte ihn das Schauspiel fasziniert. Noch während sich die Frauen ankleideten, stellte er ihnen Fragen. Die Antworten fielen patzig aus. Der Grundsatz, Gleiches mit Gleichem zu vergelten, tauge nicht als ethisches

Prinzip für eine moderne Gesellschaft. Niemand habe das Recht, einem anderen Menschen das Leben zu nehmen.

»Die Todesstrafe schreckt potenzielle Gewalttäter nicht ab. Andernfalls gäbe es keine Kapitalverbrechen«, erklärte meine Blondine und ließ den Reporter stehen.

Tim Keller hatte ausgiebig die unterschiedlichen Aspekte des Themas Todesstrafe recherchiert und auch zu den unmenschlichen Haftbedingungen in amerikanischen Gefängnissen, besonders in Texas, gearbeitet. Er hatte verschiedene Gerichtsprozesse mit der Kamera begleitet und war durch Interviews mit Todeskandidaten, Angehörigen und Anwälten bekannt geworden. Zudem hatte er ein viel beachtetes und auf Tatsachenberichten basierendes Buch veröffentlicht, in dem er nachwies, dass in US-Gefängnissen systematisch gegen Standards für die Hinrichtung von Straftätern verstoßen wurde. Am Rande der Demonstration verkauften ein paar Kinder Limonade, ein Dollar der Becher. Ich kaufte ein Getränk für Catherine, das sie mir jedoch aufgebracht aus der Hand stieß.

»Warum arbeitest du überhaupt für diese Leute?«, blaffte sie mich vorwurfsvoll an.

Tim Keller stand neben uns und schaute mich an.

»Ich koche nur, das weißt du doch«, rechtfertigte ich mich.

»Ach, hör doch auf. Du bist ein Teil dieses Systems.«

Hatte sie etwa schon vergessen, was neulich zwischen uns gelaufen war? Was würden ihre Mitstreiterinnen wohl sagen, wenn sie von der Nummer erführen, die Catherine mit einem Handlanger des Systems wie mir geschoben hatte?

Ich griff ihren Arm und bat sie, sich zu beruhigen. Danach schlug ich vor, zu mir nach Hause zu gehen. Als wir die

Demonstration verließen, tönten immer noch kritische Redebeiträge aus den Lautsprechern.

In meiner Wohnung angekommen, sprachen wir nicht über das Geschehene, sondern kamen ohne Umschweife und große Worte zur Sache, angestachelt und aufgebracht durch die Ereignisse. Ich knöpfte ihre Bluse auf, griff nach ihren Brüsten und bemerkte dabei ein Piercing, das mir beim ersten Mal nicht aufgefallen war. Es war ein goldener Ring, mit dem sich Sekunden später meine Zunge vergnügte.

»Du warst sehr, sehr böse, Cathy. Zeit, dich zu bestrafen.«

Mit einem Stofftuch band ich ihr die Hände zusammen.

Cathy wand sich in der Fessel und keuchte erregt. Ich schob sie in eine Ecke, mit dem Gesicht zur Wand. Dann ging ich in die Knie und leckte ihr für eine kleine Ewigkeit die Pussy. Anschließend führte ich sie zum Bett, die Hände immer noch gefesselt. Ich bat sie, sich auf alle viere zu begeben, und brachte mich hinter ihr in Stellung. Dann löste ich die Fesseln.

Wir hatten unser ganz eigenes Gesetz des Gebens und Nehmens. Wenn du mich beißt, beiß ich dich auch. Wenn du mich leckst, lecke ich dich auch. Wenn du mir wehtust, schlage ich zurück. Wenn du kommst, komme ich.

14

KOCHEN IST WIE LIEBEN. Eine Beziehung, bei der zwei zusammenkommen, der Koch und das Lebensmittel. Der Akt des Verliebens ist kurz und flüchtig: Man sucht die Zutaten aus, gibt sie in den Topf, rührt sie bei kleiner Flamme öfter mal um. Die Liebe hingegen erfordert Zeit. Zuerst geht es um Anziehung, später um Verführung.«

»Meine Rede«, kommentierte ich und trat näher an Selene heran, die mich jedoch nicht beachtete und einfach weiterlas.

»Zwei beobachten sich, erst aus der Ferne, dann von Nahem, en détail und schließlich im Zusammenspiel. Sie beschnuppern sich, tasten sich ab und probieren einander. Süß, salzig, sauer, die Geschmäcker sind verschieden. Später kommt es zu einer Vereinigung, in der Regel leidenschaftlich und anregend, die Temperatur steigt, der Inhalt des Topfs beginnt zu kochen, man gibt Gewürze hinzu. Irgendwann erreicht die Sache ihren Siedepunkt, kocht über den Rand und schwappt auf die Flamme. Die Zunge probiert, die Geschmacksknospen geraten in Wallung, das Gehirn erkennt die Aromen. Schokolade, Tintenfisch in eigener Soße, Curry, Choripán, Chopsuey.«

»Wow, jetzt habe ich direkt Hunger bekommen«, murmelte Blackie Malcolm.

»Unterbrich mich nicht, der beste Teil kommt erst noch«, sagte Selene. *»Die Körper brennen, schwitzen, sondern Flüssigkeiten ab – köstlich, sämig, leicht salzig –, die ebenso gekostet, geschluckt, verarbeitet werden. Gegessen wird fast immer im Sitzen oder stehend. Die Liebenden jedoch kennen viele andere Positionen, um einander zu verkosten. Das Lebensmittel vitalisiert, die Liebe laugt aus.«*

»Boom!«, rief ich begeistert.

»Halt die Klappe, John!«, schimpfte die Chicana und las weiter. *»In beiden Fällen obsiegt eine Art Lethargie: Aufgabe, Loslösung. Am Ende bleiben nur der Schmerz der Erinnerung und die Reste des Essens …«*

Das Klingeln des Telefons unterbrach die Lektüre. Chief Brown bestellte italienisches Essen für den Folgetag. Er wollte Spaghetti ai funghi porcini und vorneweg eine Minestrone. Ich sagte Blackie, dass ich mich selber auf die Suche nach den Zutaten machen würde und deshalb etwas früher in den Feierabend ginge.

Auf dem Weg zum Ausgang traf ich im Flur auf eine kleine Karawane: einen Gefängnisinsassen in Begleitung von drei Aufsehern, zwei seitlich neben dem Häftling, einer hinter ihm.

»Los, ausziehen!«, schrie einer der Wachmänner, nachdem seine Kollegen dem Gefangenen die Handschellen abgenommen hatten.

Der Mann kannte das Prozedere und begann, seine Gefangenenkleidung abzustreifen. Sie bestand aus grobem weißem Stoff und erinnerte an die Kasacks von Pflegekräften. Auf Vorder- und Rückseite waren in Grau die Buchstaben »DR« aufgedruckt, die Abkürzung für »Death Row«, den Todestrakt. Der Mann folgte missmutig dem Befehl, ohne sich groß zu zieren. Nackt wirkte er um einiges dünner. Dann hob er die Arme und drückte die Handflächen gegen die Wand vor ihm. Er hatte viele Tätowierungen: auf dem Rücken einen Adler mit ausgebreiteten Schwingen, auf einer Schulter La Santa Muerte, auf der anderen eine Rose, die vom Stil her ähnlich gearbeitet war wie der Blumenstrauß, den ich zu Ehren meiner Mutter an der gleichen Stelle auf der Haut trug. In der Nähe des Halses prangten die Buchstaben MM für Mexican Mafia. Auf den Fingern der linken Hand trug er das Wort HATE tätowiert, auf denen der rechten das Wort LOVE. Diese Lettern schienen um einiges elaborierter als die Tattoos auf seinen Unterarmen mit ihren bereits ins Blaugraue abgleitenden Strichen: ein umgedrehtes Kreuz, das Gesicht eines weinenden Clowns, ein Herz mit unleserlichem Namensschriftzug, der Kopf eines unkenntlichen Tieres.

»Und du, was glotzt du so, Herr Koch?«, sagte einer der Aufseher zu mir. »Willst ihn vernaschen oder wie?«

Ich schaute zur Seite, allerdings nur für einen Moment. Kurz darauf richtete ich den Blick wieder auf die Szene.

»Arme hoch. Hände ausstrecken. Mund auf. Zunge raus«, befahl der Aufseher dem Gefangenen aus der Zelle 283.

»Und jetzt kommt der Teil, der dir immer besonders gut gefällt, du Schwanzlutscher.«

Der Insasse hockte sich hin und zog mit beiden Händen seine Pobacken auseinander.

»Husten!«, befahl einer der Aufseher. Dann streifte er sich Gummihandschuhe über und untersuchte den Anus des Gefangenen. Anschließend ließ er ihn aufstehen, um dessen Hoden zu inspizieren. Die Zwei-Acht-Drei leistete keinen Widerstand.

»Sauber«, kommentierte der Aufseher. »Anziehen.«

Dann legten sie ihm die Handschellen wieder an und gingen weiter. Der Insasse drehte kurz seinen Kopf zu mir und sah mir in die Augen. Dabei schnitt er eine Fratze, die es mir kalt den Rücken runterlaufen ließ.

Die Zwei-Acht-Drei hieß Ryan Gómez, einer der größten Namen im nordmexikanischen Drogenhandel. Er stammte ursprünglich aus Lázaro Cárdenas, einer kleinen Stadt im Süden des mexikanischen Bundesstaats Michoacán, und pendelte später zwischen Sinaloa und Brownsville. Sein Vater war ein einfacher Bauer gewesen, der Marihuana angepflanzt und an Leute verkauft hatte, die das Gras in den Vereinigten Staaten vertrieben. Mit fünfzehn begann Ryan, im Kellerlaboratorium eines Onkels auszuhelfen, der Kokain produzierte. Es war ein sehr einträgliches Geschäft für die Familie Gómez, die damals aus Ryan, dessen Eltern und vier Schwestern bestand. Mit der Zeit baute Ryan Gómez sein eigenes Kartell auf und wurde damit zum Konkurrenten für andere Gruppierungen, denen er Einfluss und Macht raubte. Rasch stieg der junge Gómez zum wichtigsten Drogenhändler im Nordosten Mexikos auf und festigte seine Position durch die Ermordung von Feinden und Geschäftspartnern. In einer der vielen Schießereien starben drei seiner vier Schwestern, sein Vater und sein Onkel. Später vergewaltigten die Angreifer seine Mutter und die überlebende Schwester. Er sah die Schändungen nicht, hörte aber das Wehklagen der Frauen im Nebenraum, während die Schergen seiner Gegner ihn zu Blutwurst verarbeiteten. Entgegen aller Wahrscheinlichkeit gelang ihm die Flucht, und er stieg wieder in das Geschäft ein, das er so gut kannte. Fortan verschrieb er sich dem Schutz seiner Geliebten und schwor Blutrache an all jenen, die ihm geschadet, ihn gedemütigt oder ihn bezwingen hatten wollen. Dabei machte er keine Unterschiede und gewährte kein Pardon. Im Laufe der Zeit dehnte er seine Operationen auf den Süden der Vereinigten Staaten aus, verdiente viele Millionen mit seinen Geschäften und unterhielt ein schlagkräftiges Netz von Auftragskillern. Die von ihm bestellten Morde erkannte man an seinem persönlichen Markenzeichen: Er ließ die Köpfe der Leichen in Kühlboxen legen und stellte diese den Angehörigen vor die Haustür.

Die Gefangennahme von Gómez sorgte allerorts für Schlagzeilen. Sein Prozess dauerte mehrere Jahre, am Ende wurde er zum Tode verurteilt. Ryan Gómez wusste, dass er im Polunsky seine Macht nicht derart ausspielen konnte, wie er es in mexikanischen Gefängnissen getan hatte, wo er sich Gefälligkeiten und Privilegien aller Art erkaufte. Er hatte allerdings vorgesorgt und darauf geachtet, dass sein Geschäft draußen reibungslos weiterlaufen konnte. Chief Brown war es eine Herzensangelegenheit, Gómez die Existenz hinter Gittern so unangenehm wie möglich zu machen. Die sechzig Minuten an der frischen Luft zum Beispiel vergällte Brown ihm mit unsäglichen Beleidigungen und willkürlichen Strafen. Wenn er Gómez in seiner Zelle besuchte, erinnerte er ihn wieder und wieder daran, wie er von seinem Versteck erfahren hatte und ihn gefangen nehmen konnte. Er verhöhnte ihn, behauptete, die verstorbene Partnerin von Gómez, Rosario del Corral, habe den Kartellboss doppelt betrogen. Zum einen im Bett, und zwar mit Chief Brown persönlich, zum anderen durch das Verraten seines Aufenthaltsortes.

Ich wollte mich vor dem großen Boss beweisen, wollte zeigen, dass ich nicht nur für die Todgeweihten kochen, sondern auch seinen Gaumen begeistern konnte. Und zwar mit Gerichten aus der italienischen Küche, meiner Spezialität. Meinen Küchengehilfen sagte ich, ich hätte die Rezepte vor einigen Jahren bei einem Besuch in der Toskana erlernt.

Die Suppe bereitete ich mit etwas Hühnerbrühe, Karotten, Kartoffeln, grünen und weißen Bohnen, Sellerie, Schweinespeck und Estragon anstelle von Lorbeer. Et voilà! Ein traditionelles Gericht des ländlichen Italiens, das genauso aus jeder anderen Ecke der Welt hätte stammen können, denn im Grunde war es nicht mehr als eine verdammte Gemüsesuppe, aber das durfte man dem Speisenden natürlich nicht sagen.

Auf einem Holzbrett zerkleinerte ich die Pilze, den Knoblauch und die Zwiebel. Ich setzte alles daran, Tränen zu vermeiden, denn Heulen beim Zwiebelschneiden ist was für Weicheier. Das kleine Messer mit der scharfen Klinge tanzte in schnellem Rhythmus über die Arbeitsfläche. Ich hatte so viel Spaß beim Gemüseschnippeln, man hätte meinen können, ich zerhackte Herz und Innereien von Chief Brown persönlich. »O sole mio …«, zwitscherte ich in Endlosschleife, denn ich wusste nicht, wie das Lied weiterging.

Als ich sein Büro betrat, strich sich Chief Brown erst über die Koteletten, dann über den Schnurrbart, eine Geste die ich schon von ihm kannte. Langsam wiegte er den Kopf hin und her und blieb für einige Momente mit dem Blick an einem weit entfernten Punkt hängen. Seine Lider waren gesenkt, wirkten müde, wie bei jemandem, der schon drei oder mehr Gläser intus hat. In der Hand hielt er eine kalte Zigarre, an der er herumfingerte, als würde er sie gleich auf magische Weise verschwinden lassen. Aber der Zaubertrick blieb aus, der Glimmstängel fiel ihm auf den Boden.

»Na dann zeig mal her, Meister Koch.«

Ich hasste meine lakaienhafte Art, dieses Gekrieche à la Bosco, diese Unterwürfigkeit, wie sie eigentlich das gesamte Personal an den Tag legte. Ich füllte Wasser in ein Glas und stellte es neben den Jack Daniel's on the rocks, den er sich selbst vor meiner Ankunft serviert hatte.

»Du hast ja keine Ahnung, wo du hier gelandet bist«, sagte er in herablassendem Ton. »Aber ich sags dir: In der Hölle bist du hier gelandet.«

Ich setzte einen interessierten Gesichtsausdruck auf. Dann stellte ich das Tablett auf den Tisch und sortierte das Besteck, während der Chief an seinem Drink nippte.

»Vor ein paar Jahren saßen die Todeskandidaten noch in der Ellis Unit, einer Haftanstalt etwas außerhalb von Huntsville, aber dann wurde die Show hierherverlegt, weil es dort einen Fluchtversuch gegeben hatte. Aber ich verrat dir was: Bei mir türmt niemand. Man hat mich geholt, um Ordnung zu schaffen. Und das tue ich.« Er erklärte mir die Angelegenheit so, als wäre ich selbst einer seiner Insassen. »Bei mir werden alle Todesurteile vollstreckt.«

Mit der Zeit und dank meiner Beobachtungsgabe lernte ich, die Gemütszustände von Chief Brown einzuordnen. Es gab Wut und Freude, nicht selten traten sie auch gemischt auf. So lächelte er manchmal, allerdings ohne die Zähne zu zeigen, während seine Augen voller Raserei waren. War er verärgert, feuerte er manchmal ohne erkennbaren Grund regelrechte Lachsalven ab.

Wenn ich während des Essens bei ihm bleiben musste, hörte ich mir seine Tiraden im Stehen an (einen Sitzplatz bot der Sack mir nie an) und sah schweigend zu, wie er die Gerichte hinunterschlang. Es kam vor, dass er nach dem Essen einfach ging. Nachdem ich die Reste weggeräumt, die Teller beiseitegestellt, die dreckigen Servietten aufgesammelt, das zu Boden gefallene Besteck aufgehoben und die Brotkrumen und Fleischstücke vom Teppich aufgelesen hatte, setzte ich mich für ein paar Minuten an seinen Schreibtisch, einfach um zu sehen, wie sich das anfühlte. Ich hatte nicht einmal den Ansatz eines Schnurrbarts, strich mir aber trotzdem mit Zeigefinger und Daumen über den Bereich zwischen Oberlippe und Nase. Ich tat so, als sei ich derjenige, der das Sagen und die Macht hatte. Hin und wieder stellte ich mir dann eine lange Reihe von Insassen vor, wie sie an meinem Schreibtisch warteten, während ich mit dem Finger auf sie zeigte und mit lauter Stimme abzählte:

»Ene, mene, muh,
die Spritze kriegst heut du.
Tot bist du noch lange nicht,
sag mir erst dein Lieblingsgericht!«

Einmal öffnete ich die Schublade seines Schreibtisches. Zwischen Dokumenten, Stiften, einer Zigarettenschachtel, einem Revolver und einem Flachmann fand ich dort einen Zeitungsausschnitt mit dem Foto von Rosario del Corral.

Schönheitskönigin enthauptet

Wie die Polizeibehörden informieren, fand man gestern die Leiche und den abgetrennten Kopf der ehemaligen Reina de Belleza del Pacífico auf der Carretera Federal 15. Der grausige Fund sorgte für Angst und Schrecken in den umliegenden Ortschaften, wo Anwohner erklärten, dass offenbar niemand mehr seines Lebens sicher sein konnte. Kräfte der Policía Federal und der Policía Ministerial sicherten den Fundort und führten die Untersuchungen durch.

Das Essen servierte ich auf dem Tisch in der Mitte seines Büros. Der Chief ließ die Suppe stehen, probierte sie nicht einmal, und stürzte sich stattdessen gleich auf die Pasta. Mit der Gabel rollte er die Spaghetti auf wie ein Wollknäuel und schob sie sich dann in den Mund. Die herabhängenden Nudelenden sog er geräuschvoll durch die Lippen ein. Erst als die Pasta alle war, verschlang er die Pilze. Im Grunde mache ich es auch so, ich hebe mir das Beste immer bis zum Schluss auf.

»Okay, abräumen«, befahl er. »Und bevor du Feierabend machst, schickst du die Indianerin her. Ich muss mit ihr sprechen.«

Bis zum Einbruch der Dunkelheit blieben noch zwei oder drei Stunden Zeit. Ich ging an der Bank vorbei und konnte dank meiner Luchsaugen Catherine an ihrem Arbeitsplatz beobachten. Sie trug goldfarbene Sandalen mit leichten Absätzen. Ihre Füße spielten mit den Schuhen: Sie schob ihren Ballen bis zur Hälfte in die Sandale, hob sie ein Stück in die Luft und ließ den Treter auf den Boden fallen, wieder und wieder. Ganz offensichtlich langweilte sie das Gespräch mit der betagten Dame vor ihr. Cathy zeigte der Alten ein Dokument, wies sie mit einem Stift auf verschiedene Absätze hin und redete auf sie ein. Die Kundin setzte eine Brille auf und versuchte, das Geschriebene nachzuvollziehen, weigerte sich dann aber zu unterzeichnen. Am Ende des Gesprächs zog sie, verärgert murmelnd und ohne die Dokumente unterschrieben zu haben, von dannen.

Catherine lehnte sich in ihrem Stuhl zurück. Ihre Füße waren geschwollen. Ich konnte ihre hinreißenden rosafarbenen Zehen sehen. Mein Mäusestrategieratgeber empfiehlt, die sich bietenden Gelegenheiten sofort beim Schopf zu packen, und zwar, ohne zu zögern, da dies nur Zweifel an der eigenen Entscheidungsfähigkeit aufwerfe. »Wenn du deine Angst überwindest, fühlst du dich frei.« Ich ging zum Geldautomaten und kam dabei an ihrem Bürofenster vorbei. Sie bemerkte mich jedoch nicht.

Ich hockte mich eine Weile vor den Fernseher, sah alles und nichts zugleich. Dann nahm ich meinen Laptop und schaute in verschiedene Dokus rein. Immigranten, afrikanische Tiere, Pornografie und andere Dinge, die mich nur noch nervöser machten. Früher hatte Doña Elvira mir oft vorgeworfen, dass ich sie wegen des Computers nicht beachtete, dass ich meine Zeit vor dem Bildschirm vertrödelte, dass ich im Leben anderer herumschnüffelte. Den Laptop hatte ich vergünstigt in der Highschool bekommen. Dank meiner Tätigkeit für die Reyes Latinos und der bei den Gottesdiensten abgezweigten Spenden hatte ich ihn bald abgestottert. Wahrscheinlich saß Doña Elvira genau in diesem Moment selbst vor dem Fernseher, gekränkt und traurig und ohne wirklich hinzuschauen. Oder sie servierte Don Pascual das Essen. Wenn die Nachbarin nach mir fragte, antwortete sie sicherlich, ihr Sohn habe das Nest verlassen, um unabhängig und erfolgreich zu sein. Oder dass ich in einem renommierten Restaurant als Koch angestellt sei und gerade eine Gehaltserhöhung erhalten hätte. Dass ich ihr einmal im Monat ein Geschenk schicken würde. Dass ich sie jeden Sonntag anrufen würde.

»Sie schläft. Ruf später noch mal an.«

Es war die Stimme von Don Pascual gewesen.

Ein paar Tage später rief ich wieder an. Mit vorwurfsvollem Ton beschwerte sie sich, dass ich sie bereits vergessen hätte, dass ich sie nicht mehr lieben würde, dass ich doch endlich mal zu Besuch kommen solle. Sie erzählte mir von Schmerzen, die nicht aufhören wollten, und Medikamenten, die nicht anschlugen.

Das Essen für die Insassen, die Interaktionen mit Chief Brown, die Henkersmahlzeiten für die Todeskandidaten – im Polunsky tanzte ich tagein, tagaus Gevatter Tod auf der Nase herum. Was ich nicht verstand oder nicht verstehen wollte: In Wahrheit war es genau andersherum. Er war es, der sich über mich lustig machte. *Lass den alten Käse los*, schien er mir zu raten.

15

IN DER ZEITSCHRIFT VON SELENE hieß es, die Effizienz sei ein fundamentaler Aspekt des Kochens. Alles werde verwendet, nichts lande im Müll, so lautete die These, die sie uns am Morgen vorlas. »*Übrig gebliebene Lebensmittel wegzuwerfen, ist in etwa so, wie pures Gold in den Abfalleimer zu kehren. Wenn Sie zum Beispiel beim Backen viele Eigelbe brauchen, sollten Sie die Eiweiße aufheben, da Sie später daraus Meringen oder den Teigmantel gefüllter Paprikaschoten bereiten können. Natürlich sollten die Reste akkurat beschriftet und am besten in einem Extrabehälter mit Datum der Erstverwendung aufbewahrt werden.*«

»Steht schon wieder ein Abgang an«, verkündete Blackie Malcolm, während er in der Zeitschrift blätterte. »Noch nicht mitbekommen?«

»Manchmal sind die Gerüchte schneller unterwegs als die offiziellen Mitteilungen«, fügte Sánchez spöttisch hinzu.

Ich wusste tatsächlich von nichts. Malcom stand auf und nahm seine Klugscheißerpose ein.

»Was alle Insassen gemein haben, ist ein Mangel an emotionalen Bindungen zu anderen Personen. Meinen Erfahrungen zufolge hat das mit den traumatischen Erlebnissen zu tun, die diese Menschen im Laufe ihres Lebens machen und die zu einer Prädisposition für gewalttätiges Verhalten führen. Sind sie geistig klar oder verrückt? Verdammt oder unausgeglichen? Sagt ihr es mir …«

»Dein Gequatsche klingt verdammt nach der Baier. Sind das deine Ideen oder ihre?«, warf ich ihm an den Kopf, aber er antwortete nicht.

Rohe Karotten, eine Scheibe Brot mit Erdnussbutter, stilles Wasser. Nachdem wir die Tabletts mit dem Frühstück ausgeteilt hatten, musste ich bei Dr. Baier antanzen. Sie sah durchs Fenster hinaus in den Garten. Dabei biss sie sich auf die Unterlippe und spielte mit einem Stift herum, den sie von der einen in die andere Hand schob. Bei ihr war das jedoch kein Zeichen für Nervosität, sondern für die Aktivität eines unruhigen Geistes. An was sie wohl gerade dachte? An die Umsetzung der Thesen ihrer Doktorarbeit im wahren Leben? An Brown? An ein Tex-Mex-Gericht? An die Kaltblütigkeit der im Polunsky einsitzenden Mörder? An ihren Lieblingsdildo? An mich?

Dr. Baier unterrichtete mich über den nächsten Abgang. Es handelte sich um einen plastischen Chirurgen, der seine Patientinnen missbraucht hatte. Verurteilt wurde der Mann, weil er einige seiner Klientinnen ermordet und anschließend entsorgt hatte. Der Fall sei für Behörden und Ermittler gleichermaßen ein Rätsel gewesen, erklärte Dr. Baier. Die DNA seines Speichels habe nicht mit den Spermaspuren übereingestimmt, die man auf den eitlen Verstorbenen gefunden habe. Alle Spuren hätten zwar auf den Chirurgen hingewiesen, trotzdem sei es lange Zeit unmöglich gewesen, ihm die Taten nachzuweisen.

»Bei dem Mann lag eine äußerst seltene genetische Anomalie vor«, erklärte sie mir.

»Aber nichts in der Welt rechtfertigt ein derartiges Verbrechen, oder etwa doch? Wie konnte der Mann am Ende geschnappt werden?«, fragte ich interessiert.

»Die Ermittler haben exzellente Arbeit geleistet. Sie entdeckten, dass sich die DNA der Spermaspuren von denen der Speichelproben zwar unterschied, aber beides von ein und derselben Person stammte. Der Mann verfügte über eine Doppel-DNA, über zwei genetische Identitäten.«

Ich verstand nicht ganz, was Dr. Baier mir zu erklären versuchte. Ob es ein oder zwei Mörder waren und was der Speichel mit alldem zu tun hatte.

»Er verdient seine Strafe genauso wie all die anderen, die hier einsitzen«, sagte ich.

»Es steht mir nicht zu, über ihn zu urteilen, John, weder über ihn noch über irgendjemand anders«, erwiderte sie. »Geh und frag ihn, was er als letzte Mahlzeit haben möchte.«

»Es heißt John Guadalupe«, murmelte ich.

Begleitet von zwei Aufsehern, passierte ich die Kontrollpunkte. An den Decken der Flure hingen lange flache Leuchtstoffröhren, von denen einige flackerten. Das von ihnen produzierte Licht war weiß und gleißend, so intensiv, dass es mir in den Augen wehtat. Ich hörte die klickenden Geräusche von Türen und Handschellen, das Rauschen eines schlecht eingestellten Radios in der Ferne, einen Song, den ich nicht kannte, Stimmen, manchmal auch Schreie, ein Knirschen, wie es Holz in der Kälte produziert, meine Atmung. Die Geräuschkulisse im Vorhof des Todes.

Schließlich kamen wir an der Zelle an, und die Tür, die den Mann so lange gefangen gehalten hatte, öffnete sich. Ein Schnalzen drang an meine Ohren.

»So vertreibt sich dieser Irre die Zeit«, erklärte mir einer der Aufseher. »Er tut so, als würde er etwas auf einer Schreibmaschine tippen.«

Tatsächlich hatte das Geräusch der gegen Gaumen und Zähne schnalzenden Zunge etwas mit den Anschlägen einer Schreibmaschinentastatur gemein. Als ich eintrat, hörte der Mann auf zu »tippen«. Er blieb jedoch vornübergebeugt, ganz so, als würde er das soeben auf seiner imaginierten Schreibmaschine Getippte noch einmal lesen. Die Haut in seinem Gesicht war glatt, seine Nase gerade, die Lippen fein und schmal.

Der Gefangene ist in einen Zustand tiefer Depression abgeglitten, ein Leiden, das möglicherweise zu einem frühzeitigen Tod führen wird, so hatte Dr. Baier die Situation beschrieben.

Das Laken auf der verdreckten Matratze war zu einer Kugel zusammengeknüllt und sah aus, als wäre darin ein totes Tier eingewickelt, eine Katze oder ein Hund. Der Chirurg saß auf der Bettkante und widmete sich wieder seiner fantasierten Schreibarbeit. Seine langen weißen Finger bewegten sich grazil, auf seinen Handrücken traten purpurfarbene Venen hervor.

Die Toilette in der Zelle schien defekt, die Spülung lief ununterbrochen. Sie klang wie einer dieser Feng-Shui-Brunnen, die Doña Elvira immer schon als Garant für positive Energien im Eingangsbereich ihrer Wohnung hatte aufstellen wollen.

»Was möchten Sie als letzte Mahlzeit essen?«, fragte ich den Irren.

Er wollte nur Obst. Apfelscheiben, Erdbeeren und Pfirsiche. Dazu eine Flasche Evian.

»Vielleicht mit Eiswürfeln aus Schweizer Quellwasser?«, spottete einer der Aufseher, der die Bestellung gehört hatte. Henry, der zweite Wachmann, brach in schallendes Gelächter aus. Ich konnte seinen bohrenden Blick in meinem Nacken spüren.

»Du glaubst wahrscheinlich, du könntest uns mit ein bisschen Salz zu viel oder zu wenig bestrafen, stimmts? Aber dem ist nicht so. Deine Streiche beim Kochen sterben mit uns. Nichts bleibt davon übrig, und es macht uns nicht so viel aus, wie du vielleicht denkst. Niemand mag deinen Fraß, aber uns ist es egal, was wir essen. Ich sage dir was, du Suppenkasper, du solltest lieber das Essen der Lebenden versauen, nicht das der Todgeweihten. Und ganz nebenbei: Leg dich unters Messer und lass dir dieses unsägliche Doppelkinn wegoperieren«, höhnte der irre Mistkerl. »Und an deiner Knollennase ließe sich auch so einiges machen.«

Der Chirurg wollte nicht durch die Giftspritze sterben, sondern erschossen werden. Seine sadistische Fantasie bestand darin, mit verbundenen Augen und hinter dem Rücken gefesselten Händen einem halben Dutzend Schützen gegenüberzutreten und kurz vor der tödlichen Salve auf die Knie zu fallen und zu brüllen: »Ich fahre hinab, und ich steige wieder auf!«

Dieser Wunsch wurde ihm natürlich nicht erfüllt. Er strampelte wild, als man ihn zur Bahre zerrte, um ihn dort festzuschnallen und das Beruhigungsmittel zu injizieren. Dann kam die Todesspritze. Der Doktor krampfte mehrere Minuten.

»Wie lange dauert es eigentlich, bis man den Hinzurichtenden wirklich für tot erklären kann?«, fragte ich Dr. Baier auf dem Rückweg nach Polunsky.

Anstatt zu antworten, setzte sie zu einer wissenschaftlichen Erklärung über Schrödingers Katze an – ein Gedankenexperiment des gleichnamigen Wissenschaftlers, bei dem man eine Katze in eine geschlossene Kiste mit giftigen Gasen sperrt, sodass sich von außen nicht genau sagen lässt, ob beziehungsweise wann das Tier tot oder lebendig ist.

»Was für ein komplizierter Name!«

»Lerne und studiere, John. Das ist das Prinzip der Unbestimmtheit«, schloss die Frau Doktor ihre Erklärung.

Dann tauchte Bosco auf und überreichte Baier einen Umschlag mit Dokumenten.

»Gut, dass ich dich gerade treffe, John. Du und deine Küchenkompagnons, ihr müsst mir ein paar Formulare unterzeichnen. Es wurden einige Punkte in euren Verträgen geändert, und jetzt muss das gesamte Personal die neuen Vereinbarungen unterschreiben.«

Dann ermahnte er mich, direkt vor Dr. Baier, weil ich einige Wochen zuvor von den Kameras des Senders WCB bei einer Demonstration gefilmt worden war.

»Denke bitte an die Regeln: Draußen wird nicht darüber gesprochen, was hier drin passiert. Du weißt doch sicher, was die Verschwiegenheitsklausel in deinem Vertrag bedeutet, oder?« Dann hustete er in das Taschentuch in seiner Hand und ging.

Als ich an diesem Abend nach Hause kam, schaltete ich den Fernseher ein. In den Nachrichten war die letzte Hinrichtung Thema. Tim Keller hatte den Fall des Chirurgen benutzt, um in den Medien wieder einmal Alarm zu schlagen.

»Bei sechs von zehn Exekutionen kommt es zu Schwierigkeiten bei der Beschaffung von geeigneten Medikamenten, um einen würdevollen Tod zu garantieren«, erklärte Keller in seinem Beitrag. »Man muss sich fragen, wo diese Substanzen bei Lieferengpässen besorgt werden und ob diese dann auch von erstklassiger Qualität sind. Wussten Sie eigentlich, dass Texas mehr Hinrichtungen durchführt als jeder andere Bundesstaat?«

Die Hinrichtung des Chirurgen sorgte für neue Kontroversen in Bezug auf die Exekutionsmethode im Polunsky. Chief Brown tauchte auf dem Bildschirm auf und informierte kurz darüber, dass man alle vorgeschriebenen Schritte eingehalten habe und eine bereits bestehende Erkrankung des Straftäters schuld an der überdurchschnittlich langen Hinrichtungsdauer gewesen sei.

»Sollte Texas die Todesstrafe abschaffen? Die Zahl der Bürger, die in der Todesstrafe eine unmoralische und grausame Bestrafung sehen, steigt. Nehmen Sie an unserer Umfrage teil. Dazu müssen Sie nur auf die Website von WCB gehen. Ich bin Tim Keller, und das war mein Livebericht vom Polunsky-Gefängnis.«

Anschließend sah ich mir einen Low-Budget-Porno an. Zwei Schwarze Frauen, beide maskiert, küssten sich, während ein Weißer im Hintergrund geduldig zusah. Die Haut der geschmeidigen Körper war mit Öl eingerieben und glänzte. Dann begann der Mann, die Frauen mit einer Lederrute zu traktieren. Je fester er zuschlug, desto mehr schienen sie es zu genießen. Er legte sich zwischen die beiden. Hände, Zungen, Pussys, ein Schwanz Größe XL. Die Szene mit den Multiorgasmen ließ nicht lange auf sich warten. Die Damen stöhnten und pressten mit verdrehten Augen einsilbige Wortfetzen hervor, während er direkt in die Kamera schaute. Dann der Cut und die klassische Großaufnahme der Ejakulation milchig weißen Spermas, das eine der beiden sogleich aufleckte.

Ich dachte an Catherine, an ihre festen Titten, ihren tiefen Bauchnabel, ihr kastanienbraunes Schamhaar, die transparente Flüssigkeit aus ihrem Inneren. An ihren Geruch, ihr Blut, ihre Lustschreie, die gemeinsam mit meinem Brüllen der Erlösung von hier bis Polunsky hallten.

Teddy McGregor, fünfunddreißig Jahre alt. Zum Tode verurteilt wegen des Mords an seiner siebenundsechzigjährigen Großmutter. Motiv: Sie habe sich geweigert, ihm sein Erbe auszuzahlen.

Letzte Mahlzeit: Schweinekotelett, dazu Apfelmus, Mineralwasser und eine Kugel Pistazieneis.

Letzte Worte: »Ihr braucht mir nicht zu vergeben. Der Teufel hat mein Leben gelenkt, und er hat mich betrogen.«

16

NIEMAND ENTGEHT SEINEM SCHICKSAL, das sagte zumindest mein Mäusestrategieratgeber. *Die Möglichkeit kommt, und sie bleibt bestehen,* las ich zu Hause, bevor ich mit dem Bus nach Huntsville aufbrach, um ein paar Einkäufe zu erledigen. Es war dieselbe Strecke, auf der die zum Tode Verurteilten zur Walls Unit gefahren wurden, der Weg, den man in den Filmen sah. Ich stellte mir vor, wie es wäre, ein Strafgefangener zu sein, mit gefesselten Händen und Füßen in einem gepanzerten Fahrzeug auf dem Weg zu meiner Hinrichtung.

Durch das kleine Fensterchen werfe ich einen letzten Blick auf die texanische Landschaft. Vor mir und zu beiden Seiten sitzen drei kräftige und bis an die Zähne bewaffnete Aufseher. Jegliche Unterhaltung mit mir ist ihnen verboten. Um sie abzulenken, täusche ich einen Hustenanfall vor. Dann reiße ich mich dank übermenschlicher Kräfte von den Ketten los, schlage die Aufseher nieder und öffne mit einem krachenden Fußtritt die Hintertür des Fahrzeugs. Ich springe hinaus und fliehe, verschwinde auf Nimmerwiedersehen, tauche in Michoacán unter oder verschanze mich in unserem Nest. Fin.

Der Busfahrer kündigte den nächsten Halt an. Huntsville. Ich gelangte zu einem Ort, der laut dem Schild am Zaun

»Captain Joe Byrd Cemetery« hieß. Ein Friedhof, auf dem man die nicht abgeholten Leichen von Strafgefangenen beerdigte, sowohl die Männer aus Polunsky als auch die Frauen aus der nahegelegenen Haftanstalt Mountain View.

Pérez Rubén, 1983–2010. Was der wohl verbrochen hatte, dass sie ihn so jung auf die Bahre schnallten?

Julio »The Crazy« Chávez, 1968–2017.

Mendoza, William, ohne Jahreszahlen.

M. Soledad, auch ohne Jahreszahlen, aber dafür mit einem Foto auf dem Grabstein. Ob sie wohl eine geheime Liebesaffäre hatte? Vielleicht musste ja die Ehefrau ihres Romeos dran glauben. Sie hatte schulterlanges schwarzes Haar und helle Haut. Das Foto zeigte sie stehend, mit einem kurzen Kleid und langen Beinen, die in ein Paar Pumps mündeten.

»Bisschen nuttig, oder? Hoffe, du hast Spaß in der Hölle.«

Bei einigen Gräbern stand einfach nur ein grauer länglicher Stein, ohne Initialen oder Jahreszahlen, auf anderen war die Gefangenennummer vermerkt. Nun gut, unterm Strich heißt Sterben ja ohnehin, alles abzustreifen und zurückzulassen, sowohl Vor- als auch Nachname, ganz gleich, wie du heißt. Ich weiß nicht, was es bringt, Ambitionen zu haben, Geld und Luxus nachzujagen, wenn es am Ende doch so ist, wie alle sagen: Nackt kommen wir auf die Welt, und nackt verlassen wir sie. Was ich allerdings sehr wohl weiß, ist, dass ich bis dahin trotzdem noch Kohle machen will. Im Grunde hat es uns Padre Alonso immer schon im Gottesdienst gepredigt: Denn Staub bist du, und zum Staub kehrst du zurück. Staub mein Arsch, man gibt den Löffel ab, und das wars dann.

Ich spazierte weiter auf dem heruntergekommenen Friedhofsgelände umher. Der Wind fuhr durch die Blätter der Bäume. Ihr Rascheln klang nach menschlichen Stimmen, nach Klagen oder Bitten aus dem Jenseits, wo ihre Besitzer für ihre Sünden büßten. Es war niemand zu sehen, keine Angehörigen, kein Friedhofswärter, nur hungrige schwarze Raben auf der Lauer. An diesem Morgen war nur ich da und mit mir die Geister und eine bleigraue Wolke, die Regen verhieß und die Sonne verdeckte. Ich ging weiter. Mir fiel eine Grube ins Auge, die man allem Anschein nach erst kürzlich ausgehoben hatte. Neben dem Erdhaufen lag eine Schaufel, die bald schon den steifen Körper irgendeines Strafgefangenen mit Erde bedecken würde. Wieder hörte ich dieses Säuseln, dieses Murmeln oder was auch immer es war, jetzt aber sehr viel näher. Wind kam auf und hob die trockenen Blätter in die Luft, die eben noch auf dem Rasen gelegen hatten. Sie stiegen höher, zwei Meter und mehr, und bildeten einen stetig wachsenden Wirbel in Trichterform, der kurz darauf genauso plötzlich wieder in sich zusammenfiel, wie er entstanden war.

Ich nahm die Beine in die Hand.

In Huntsville gab es nur ein Einkaufszentrum. Es war einige Häuserblocks vom Joe-Byrd-Friedhof entfernt und bestand im Grunde nur aus einem Warenhaus und ein paar kleineren Läden in direkter Nachbarschaft. Ich lief so lange herum, bis ich fand, was ich suchte. Da lagen sie, direkt vor mir auf einem Tisch, ausgestellt wie Edelsteine oder Diamanten und mindestens ebenso glänzend und wertvoll. Ohne Messer ist meine Arbeit undenkbar. Ich habe Spaß daran, das Fleisch zu schneiden, ein Rib-Eye- oder ein New-York-Steak zum Beispiel, und freue mich auf den Moment, wenn die Klinge geschmeidig durch den Muskel gleitet, was sich ein wenig so anfühlt, als würdest du einer Frau deinen Schwanz mit Kraft hineinschieben und ihr Innerstes öffnen. Bei Obst und Gemüse ist es anders, da geht es um einen schnellen und entschlossenen Schnitt.

Ich blieb stehen und sah mir die Messersets der verschiedenen Hersteller an. In einer etwa zwanzig Zentimeter langen Klinge spiegelte sich mein Gesicht. Deformiert und in die Länge gezogen sah es aus, die hervorragende Nase breit und wie zerdrückt, das dunkle Kaffeebraun der Iris wegen der Beleuchtung fahler als gewöhnlich, meine runden Wangen über die Ränder gequollen. Ich griff das kleine Messer aus rostfreiem Stahl und führte es an meinen Mund. Als ich meine Lippen öffnete, legte sich ein mattfeuchter Film auf die Klinge. Gut zu wissen, ich lebte also noch.

Das längste und schwerste Messer eines solchen Sets heißt Butcher. Beim Zerlegen von Tieren bleiben an seiner breiten Klinge stets Knorpelstücke, Blut und Hautreste kleben. Dann gibt es in diesen Garnituren meist ein Messer mit Sägeschliff, das zwar sehr nützlich, aber weniger ästhetisch ist, da seine Zähne die feine und kurvige Form der Klinge unterbrechen. Aus Neugier hatte ich lange Zeit nach dem Messer gesucht, mit dem die Chinesen Affenschädel öffnen, um deren Gehirne zu essen. Eine makabre, aber den Asiaten zufolge äußerst wohlschmeckende Delikatesse, die ich natürlich auch gern einmal probieren würde. Das Ausbeinmesser hat eine kürzere und feinere Klinge und wird in erster Linie dazu verwendet, das Fleisch vom Knochen zu trennen.

»Wie viel soll das hier kosten?«, fragte ich den Verkäufer.

Dem kleinen Schildchen auf seiner Brust zufolge hieß der Mann Wei Hao. Er erklärte mir, das Messer, das ich im Auge hätte, sei Teil eines festen Sets und nicht einzeln erhältlich. Geschickt nutzte er meine Frage, um mir ein Modell namens Santoku vorzuführen.

»Der Name ist japanisch, bedeutet ›Messer der drei Tugenden‹ und beschreibt seine guten Eigenschaften beim Schneiden von Fleisch, Fisch und Gemüse. Druckschnitt, Hacken, Wiegeschnitt, alles ist möglich. In der Hand eines Profis eignet es sich sogar zum Tranchieren und Filetieren. Seine feine Klinge ist zwischen zwölf und zwanzig Zentimeter lang. Achten Sie auf die Form, mein Herr, die stumpfe Oberkante des Messers bildet eine Linie mit dem Griff, zur Spitze hin ist es abgerundet.«

Ich sagte erst mal nichts, da ich nicht so recht wusste, ob Wei Hao sich wirklich auskannte oder den Text der Produktdemonstration nur auswendig gelernt hatte.

»Taugt das Messer auch dazu, die Bruststücke aus einem Huhn zu trennen?«, fragte eine Kundin, die zusammen mit anderen Neugierigen näher getreten war, um sich Wei Haos Vorstellung anzusehen.

Der Verkäufer holte einen rohen Fisch aus einem kleinen Kühlschrank und begann, ihn kunstfertig in Scheiben zu zerlegen.

»Die hierzulande im Handel erhältlichen Santokus sind meist nur Kopien der Messer japanischer Köche. Die Originale sind leichter und verfügen über eine feinere und sehr viel schärfere Klinge. So wie dieses Messer.«

Ich kaufte das ganze Set und fuhr nach Hause. Dort angekommen, packte ich es aus, wusch die Messer und trocknete sie ab. Als ich eine der Klingen mit einem Lappen abrieb, schnitt ich mir in den Finger. Um die Blutung zu stillen, steckte ich ihn mir in den Mund und merkte dabei, dass an meiner Fingerkuppe ein dünner Hautfetzen hing. Ich biss ihn ab, kaute und schluckte ihn hinunter. Wir essen alle

Teile unseres Körpers, Fingernägel, kleine Hautfetzen, Popel und so weiter. Wer das leugnet, ist ein Lügner. Ich musste an die Filmszene mit Anthony Hopkins denken, in der er wie in Ekstase verschiedene Körperteile seiner Opfer verspeiste. Anthropophage ist der Fachbegriff, nicht wahr?

17

DIE UREINWOHNER NORDAMERIKAS versuchen seit jeher, ihre Geheimnisse vor den verruchten Weißen zu bewahren. Auch bei Tiwa war es so, aber ich wusste, was sie verheimlichte.

»Seit ihrer Vergewaltigung steht sie auf die Sadomaso-Nummer«, tönte Brown während eines seiner Saufgelage, ohne sich der Schwere des von ihm herausposaunten Geheimnisses bewusst zu sein.

Die Geschichte dazu ging ungefähr so: Vor einiger Zeit hatte ein örtlicher Geschäftsmann das Land von Tiwas Familie kaufen wollen. Bei einem seiner Besuche nutzte er die Abwesenheit der Eltern aus, um die junge Frau zu missbrauchen. Tiwas Vater beschloss, die Schändung zu rächen. Nachdem er den Vergewaltiger entführt, skalpiert und entmannt hatte, ließ er ihn als Geierfutter in der Wüste zurück. Die Eltern mussten fliehen und sich verstecken, ihre Tochter schickten sie zu ihrer Tante Tallulah.

Nun lebte Tiwa zusammen mit besagter Tante im Zentrum von West Livingston. Tallulah war um die fünfzig und Eigentümerin eines Geschäfts, in dem sie Produkte anderer Stammesgemeinden vertrieb. Wenn Tiwa freihatte, half sie ihrer Tante im Laden. So kam es, dass sie mich eines Tages nach Feierabend einlud, sie zu begleiten und das Geschäft ihrer Tante kennenzulernen.

Kleine Glöckchen über der Tür kündigten unser Kommen an. Im Laden roch es nach Weihrauch. Der Duft erinnerte mich an das Kopalharz, das meine Oma früher immer verbrannt hatte, um uns vor bösen Dämonen zu schützen. An der Wand hingen Sarapes, traditionelle Trachtenstoffe mit lebendigen Farben, und ein ausgestopfter Bärenkopf mit riesigen Eckzähnen. Zu kaufen gab es Geistertöter, Traumfänger, Heilbalsam für Knochenleiden, magische Steine, Holzringe, Bernsteinketten und vieles andere mehr. Auch Bücher über die Geschichte der Karankawa und Fotobände mit Aufnahmen aus dem Wilden Westen zählten zum Angebot. Tallulah bot mir einen Süßholztee und dazu honiggesüßte Kekse an, in denen Schlangenschuppen verbacken waren. Die beiden Frauen erzählten mir, dass ihre Vorfahren bei der Kolonialisierung des Kontinents von ihrem Land vertrieben und in Reservate gesteckt worden seien. Später habe die Gringo-Regierung ihnen als Versuch der Wiedergutmachung erfahrener Ungerechtigkeiten gestattet, Spielkasinos zu errichten.

Tiwas Großvater, der Vater von Tallulah, war Anführer eines kleinen Stammes gewesen, die letzten Nachfahren der Karankawa. In seiner großen Weisheit hatte er seine Söhne und Töchter und damit alle Nachfahren gelehrt, wie wichtig es war, den Großen Geist zu achten.

»Er wohnt allem und jedem inne. Ob Feuer, Sterne, Tiere, Pflanzen, Steine, Erze, Gewitterblitze, Windböen oder Menschen, er ist allgegenwärtig. Darum hat jedes Ding auch einen eigenen Willen, Intelligenz und Möglichkeiten zur Wahrnehmung. Alles hat seinen eigenen Weg in der Welt und einen Existenzgrund«, erklärte mir Tallulah, während sie kleine Fläschchen in ein Regal einsortierte.

»Diese Flüssigkeit hier schützt vor Neid und Lüge. Die rote heizt die Leidenschaft an. Nur wenige Tropfen im Getränk des Partners reichen aus, vorausgesetzt natürlich, beide wollen es so.«

»Dann geben Sie mir doch bitte eine Flasche davon.«

»*Igh'awwei'kanj l'o'lhui rate'za … Igh'awwei'kanj l'o'lhui rate'za* … In jedem von uns tobt eine Schlacht zwischen Gut und Böse. Die Geister, die in uns wohnen, kämpfen um die Vorherrschaft. Die Vereinigung dieser beiden Energien schafft das Ma'heo'o, also das, was wir in Wahrheit sind – etwas Widersprüchliches und doch in sich Vereintes«, erklärte die Alte. »Licht und Schatten ringen ständig in uns.«

»Und welche dieser beiden Mächte gewinnt am Ende?«, wollte ich wissen.

»Die, die du nährst.«

Aus einer Schublade zog Talullah ein Armband aus Büffelleder hervor.

»Ich sehe, dass du Schutz brauchst. Negative Energien umgeben dich. Binde das Armband um dein linkes Handgelenk und nimm es niemals ab. Wenn du magst, kann ich dir im Rauch die Zukunft lesen.«

Ich lehnte das Angebot ab. Meine Furcht davor, etwas Beängstigendes zu erfahren, war einfach zu groß. Doña Elvira hatte mir mal erzählt, dass ihre Mutter nach meiner Geburt in Michoacán eine Schamanin beauftragt habe, um ihr mein Schicksal zu prophezeien. Die Seherin warnte, ich würde meiner Mutter großen Kummer bereiten und später fortgehen. »Er muss sich vor dem Vollmond in Acht nehmen und auch vor den wilden Pilzen hüten. Denn diese rufen Halluzinationen hervor und können den Menschen in einen Kojoten verwandeln – eine große Gefahr, gerade für deinen Enkel.« Abschließend riet sie meiner Mutter, meine Nabelschnur im Garten zu vergraben, auf dass ich immer nah bei ihr bliebe und sie nie verließe. Diese Nabelschnur muss mit der Zeit vergammelt und verwest sein, denn irgendwann ging ich aus Eden weg, um nie mehr zurückzukehren.

Der Morgen verstrich langsamer als normal. Zum Frühstück gab es für die Insassen einen kleinen Tetra Pak Milch, eine Banane und Brot, zum Mittag einen faden Fleischeintopf mit weißem Reis. Wir teilten die Tablette aus, sammelten sie wieder ein und stellten wenig später schon das Abendessen, eine wasserbasierte Haferspeise, darauf. Auch die Ausgabe der letzten Mahlzeit des Tages erfolgte früher als üblich. Der Grund: Pastor Goodwing hatte die Belegschaft zu einer Zusammenkunft in die Church of Christ in West Livingston gebeten. Anlass war der Besuch von Reverend Peter O'Neill aus Houston, der eine Predigt zum Thema Todesstrafe und Erlösung im Strafvollzug halten sollte. Die Veranstaltung war ein wirklich großes Ding.

Vor der Kirche standen eine Handvoll Menschen, vor allem Frauen mit Kindern, aber auch ein paar Männer mit Stetsons und Cowboystiefeln. Unter ihnen war auch Catherine, die mit ihrem Businesskostüm aus Sakko und Rock sehr förmlich wirkte. Sie schien schlecht gelaunt, vielleicht wegen der brüllenden Kinder, die um sie herumtobten. Dann ging sie mit den anderen hinein, und draußen war es mit einem Mal still.

Ein lautes und leidenschaftliches »Halleluja« war das Erste, was ich im Inneren der Kirche von O'Neill hörte. Darauf begann der Chor. Er bestand aus Schwarzen Männern und Frauen in weißen Gewändern, deren Gesang von den Wänden und der Decke des Saales widerhallte. Tiefe und hohe Stimmen mischten sich in einem lebhaften Lobgesang auf den Erlöser. Es war fast wie in einem Hollywoodfilm. Ich kannte die Hymne nicht, hatte aber großen Spaß an der Leidenschaft, mit der die Chormitglieder sangen und klatschten. Sie wiegten sich sogar rhythmisch hin und her, was etwas albern aussah. Es folgten weitere Lobpreisungen und Gebete. Dann ermutigte O'Neill die Anwesenden, zu ihm nach vorn zu kommen und eine Passage aus der Bibel zu lesen. In einer der vorderen Reihen erhob sich Chief Brown und ging zur Kanzel. Er trug eine marineblaue Uniform, an seiner Brust prangten Orden und Abzeichen. Er las einen Text über Gnade und Erlösung und ging anschließend nahtlos in eine Predigt seiner eigenen Ansichten über. »Zeigt Reue, ihr Sünder dieser Welt, denn nur wenige kennen den Weg, die Wahrheit und das Leben.«

Selene stieß mich mit dem Ellenbogen in die Seite, und wir fingen an zu lachen. Ich witzelte, der Brown hinter der Kanzel sei nur eine Marionette, die von einem Doppelgänger Browns mittels unsichtbarer Fäden aus der Höhe gesteuert wurde. Reverend O'Neill schaute mit ernster Miene in unsere Richtung, um uns zum Schweigen zu bringen. Dann räusperte er sich und war so nett, dem Chief das Mikrofon wegzunehmen. Anschließend sprach er über die Bedeutung seines Besuchs in West Livingston und Huntsville, den »Hauptstädten der Todesstrafe«, wie er sie nannte, und über seine Hoffnung auf ewige Seligkeit für die Strafgefangenen. In Bezug auf die von Chief Brown gelesene Bibelpassage erwähnte er den Fluchtversuch der sogenannten Texas Seven und sagte, dass er in den nächsten Tagen die zwei noch nicht exekutierten Mitglieder der Gruppe besuchen werde.

Bei den Texas Seven handelte es sich um sieben Strafgefangene, die im Jahr 2000 aus einer Haftanstalt namens Connally Unit bei Kenedy, Texas, ausgebrochen waren. Sie hatten mehrere Wachleute überwältigt, geknebelt und ihrer Ausrüstung beraubt, um dann als Aufseher verkleidet mit den erbeuteten Ausweisdokumenten aus dem Gefängnis fliehen zu können. Dreiundvierzig Tage später wurden sechs Mitglieder der Ausbrecherbande gefasst und zum Tode verurteilt. Einer von ihnen entzog sich durch Selbstmord der Festnahme.

Angenommen, ich müsste die Henkersmahlzeit für einen der beiden zubereiten, dann würde ich ihn zur Planung des Ausbruchs und zu seinen Erlebnissen auf der Flucht befragen, würde in Erfahrung bringen, wie viel Zeit die Organisation in Anspruch genommen hatte und welcher der sieben Gefangenen der eigentliche Anführer gewesen war. Und ihm sagen, dass ich inständig hoffte, Gott oder der Teufel habe sich der Seele des Selbstmörders angenommen.

Erneut erklang das Piano, und die Stimmen des Chors erhoben sich zu einem weiteren Lobgesang. Ich hatte das Gefühl, schnellstmöglich aus der Kirche verschwinden zu müssen. Mein Weg führte mich ins Black Rose, wo ich mich an die Bar setzte und ein Bier bestellte. Es gab niemanden, dem ich mich anvertrauen konnte, ich war mit meinen Gedanken allein. Am nächsten Tag musste ich die Henkersmahlzeit für einen Gefangenen namens Owen zubereiten, den Polunsky-Knacki, der von allen am längsten im Todestrakt saß. Dreiundzwanzig Jahre lang war es ihm gelungen, seine Hinrichtung durch Appelle, Einsprüche und Berufungen in letzter Sekunde abzuwenden. Er war des Mordes an einem homosexuellen Paar für schuldig befunden und vom Richter zum Tode verurteilt worden, hatte die Tat jedoch stets bestritten. Nun hatte das oberste Gericht einen letzten Berufungsantrag geprüft und abgelehnt. Owens Anwalt argumentierte, sein Mandant habe zwar geplant, das Paar zu ermorden, sei aber nicht der Täter gewesen. Es sprach jedoch alles dafür, dass Owen die Tat begangen hatte. Am Ende befand man ihn, den Gesetzen des Bundesstaates folgend, für schuldig, auch wenn seine Rolle bei der Ermordung des Pärchens nur eine indirekte gewesen sein mochte.

Ajram Diab, dreiunddreißig Jahre alt. Zum Tode verurteilt für den Mord an zwei Polizisten, die bei der Durchsuchung seiner Wohnung fünfundfünfzig Kilogramm Kokain und verschiedene Handfeuerwaffen sichergestellt hatten. Die Beamten wurden mit jeweils einem Schuss aus unmittelbarer Nähe getötet.

Letzte Mahlzeit: Rührei mit Speck, Toast mit Honig, alkoholfreies Bier.

Letzte Worte: »Allah ist der einzig wahre Richter. Ich kehre nun heim, um bei ihm zu sein. Was Sie jetzt sehen werden, ist Mord.«

18

DER GEDANKE AN EINEN MORD allein macht dich noch lange nicht zum Mörder. Sicherlich hat jeder von uns schon einmal darüber nachgedacht, wen er wie und wann töten würde, wenn er könnte. Das allein ist noch kein Verbrechen. Andernfalls säßen wir alle schon im Gefängnis. Don Pascual? Mit Faustschlägen. Oder mit einer Kugel. Den mitleidslosen Ex-Chef? Den letzten Lover? An Gründen für eine aus Täterperspektive gerechte Tat wird es nie mangeln.

Manchmal trifft es die richtigen, die schweren Sünder, wie Padre Alonso sagen würde. Wenn ich ehrlich bin, habe ich noch nie große Unterschiede zwischen den einen und den anderen gesehen. Oder wie mein Mäusestrategieratgeber es ausdrückt:

Die Maus, die an Altersschwäche stirbt,
ist so schuldig wie die, die der Fallenbügel erwürgt.

Die letzte Mahlzeit von Owen sollte ein à la texana mariniertes Skirt-Steak und ein Stück Zitronenkuchen als Nachtisch sein – war sie aber nicht. Als ich in die Zelle trat, saß er auf dem Bett und wartete schon auf mich. Sein Haar war weiß, die Haut derb und voller Falten. Sein Gesichtsausdruck erinnerte an den eines Rehkitzes, das abwartend und ängstlich beobachtete. Sorgfältig stellte ich das Essen vor ihm ab. Im nächsten Moment griff Owen nach dem Tablett und warf es um. Eine Riesensauerei: Fleisch und Soße landeten auf dem Boden, der knüppelharte Zitronenkuchen flog durch die Luft und blieb an der Wand kleben.

Die Wachen stürmten in die Zelle. Einer riss den Gefangenen hoch und hielt ihn von hinten fest, während sein Kollege ihm einen Schlagstock in den Bauch rammte und danach mit der Faust ins Gesicht schlug. Owen schrie vor Schmerz auf und fiel dann wie ein nasser Sack auf den Boden. Ausgeknockt. Blut sprudelte ihm aus der Nase.

»Scheiße, Scheiße, Scheiße …«, zischte Henry seinem Kollegen zu. Auch ich hatte in diesem Moment die Befürchtung, dass Owen früher abtreten würde als geplant. Er wurde sofort auf die Krankenstation gebracht, um ihn vor der Hinrichtung noch ein wenig aufzupäppeln. Zu Wendy sagten die Wachen, sie solle besser nicht fragen, was passiert sei.

»Bist du errettet, mein Freund? Es geht nicht darum, wie gut du bist oder ob du einer Kirche angehörst. Es geht einzig und allein um die Frage, ob du errettet bist. Anders formuliert: Glaubst du, dass du nach dem Tod in den Himmel kommen wirst? Das habe ich Owen gefragt, und diese Frage möchte ich auch euch mit auf den Weg geben«, sagte Pastor Goodwing zu uns, als er nach Beendigung seiner Fastenstunde in die Küche kam und um etwas zu essen bat.

»Also, ich lebe lieber im Hier und Jetzt, denn ich hab keine Ahnung, was morgen passieren wird oder gar übermorgen. Gott möge mir vergeben …«, entgegnete Blackie Malcolm, worüber sich García amüsierte.

Um errettet zu werden, müsse man vergeben, ganz

gleich, wie viel man selbst erlitten haben mochte, erklärte der Pastor. Opfer zu erbringen, sei der größte Akt der Selbstlosigkeit und wahrhaftiger Beweis für die Liebe zum Herrn. Der Pastor räusperte sich.

»Gott, gib denen Brot, die Hunger haben. Und gib denen, die Brot haben, Hunger nach Gerechtigkeit. Gesegnet seien die Lebensmittel, die wir aus Deiner Hand erhalten.«

Tiwa strich mit den Fingern über die Rabenfeder an ihrer Halskette. Sie sagte nichts, warf dem Geistlichen jedoch einen verächtlichen Blick zu. Ich ging weiter meiner Arbeit nach.

Später erfuhren wir, dass Owen kurz vor seinem Transport nach Huntsville die Wände seiner Zelle mit Fäkalien dekoriert und auch das Wachpersonal damit eingedeckt hatte.

Irgendwie rächt man sich am Ende eben doch, oder man versucht es zumindest mit dem, was gerade zur Hand ist. Das Einzige, was dieser arme Teufel zur Hand hatte, waren seine eigenen Exkremente.

Ich schaltete das Radio ein und drehte den Regler auf die Frequenz von *Good Morning West Livingston*, wo jede Stunde Nachrichten liefen. Der Wetterbericht sagte für den Nachmittag Sturm voraus. Eine Fluggesellschaft bot ab sofort Direktflüge von Huntsville nach Guadalajara und Cancún an. In Texas protestierten Studenten mit hispanoamerikanischen Wurzeln für Verbesserungen bei den Einwanderungs- und Migrationsgesetzen. Im Bundesstaat Oregon ging ein Meteor nieder.

Tiwa schlich sich leise in die Küche, vorsichtig. Selene hingegen donnerte herein wie das Gestein aus dem Weltall, über das gerade im Radio berichtet worden war. Wenn ich die Küche betrat, sah ich mir für gewöhnlich erst einmal meine Kollegen genau an, einen nach dem anderen: Malcolm, der von Mal zu Mal erschöpfter und grauer aussah und über Rückenschmerzen klagte, die ihn nicht schlafen ließen. García, der sich fortwährend die Hände rieb, als würde er Früchte waschen. Sánchez stets ernst, Selene meist auf der Suche nach einem passenden Radiosender, um die Schicht mit beschwingten Rhythmen zu beginnen und etwas Freude in die Arbeit zu bringen. Tiwa, verschlossen und geheimnisvoll. Eigentlich kam ich gut mit ihnen aus, als fester Teil dieser zusammengewürfelten und außergewöhnlichen Truppe fühlte ich mich jedoch nie. Außerhalb der Arbeit hatten wir keinen Kontakt, dabei wusste ich, dass sie sich manchmal auf ein paar Drinks im Black Rose trafen. Mich luden sie allerdings nie ein. Vielleicht sollte ich mich einmal fragen, warum nicht.

»Sie sollten es sich zur Angewohnheit machen, stets einfache Gerichte zur Hand zu haben: Kartoffelbrei und Hähnchen-Tacos; Schnitzel und gekochte Karotten; Fruchtgelees mit Zitronen- oder Kirschgeschmack. Diese simplen Speisen lassen sich leicht verfeinern: Unter den Kartoffelbrei mischen Sie Schinkenstückchen, Käse und etwas Sahne. An die Hähnchen-Tacos kommen Salatblätter und Avocado, an die Götterspeise Trockenfrüchte«, las Selene vor.

»Für die Herrschaften hinter Gittern höchstens Grützwurst und Haferschleim«, erwiderte ich und imitierte dabei die Stimme von Selene.

Schälen, zerstückeln, kochen. Zerschneiden, zerrupfen, bestreichen. Neben der Zubereitung der Mahlzeiten bestand ein nicht unwesentlicher Teil unserer Arbeit in der Portionierung und Bestückung der Serviertabletts. Für die Auslieferung stellten wir immer zwanzig Tabletts in einem

Wagen zusammen und schoben sie dann durch den schmalen Schlitz der Zellentüren.

Selene wiegte ihre Hüften im Rhythmus der Musik, während sie die Tortillas vom Stapel nahm und auf die Tabletts legte. Ihre Pobacken sahen aus wie die beiden Hälften eines Pfirsichs oder einer Mango, rund und fest. Sie drehte sich und machte ein paar Tanzschritte, eine Avocado in der einen, ein Messer in der anderen Hand. Ich versuchte, die Aufmerksamkeit mit einem Trick auf mich zu lenken, und schlug die Eier mit nur einer Hand auf. Ich fühlte mich dabei wie David Copperfield persönlich, wenn er Glaskugeln durch die Luft schweben lässt. Allem Anschein nach war meine Vorstellung jedoch nicht sonderlich beeindruckend für die anderen. Eine Schande eigentlich.

Ich ließ die Eier in einen tiefen Teller plumpsen, rührte sie mit einer Gabel um und gab etwas Salz, Pfeffer und einen Schuss Vollmilch dazu. Dann die Butter in die Pfanne zum Braten des Rühreis. In der Zwischenzeit erwärmte ich Bohnen in einem anderen Topf. Ein vielversprechendes Aroma breitete sich aus und brachte meine Gehilfen dazu, sich an die Arbeitsplatte im Zentrum der Küche zu setzen. Hungrig warteten sie darauf, essen zu können.

Sie erzählten, der Koch vor mir sei Pole gewesen und habe keine Ahnung von seinem Geschäft gehabt. Er war der, von dem mir Dr. Baier erzählt hatte.

»Der Typ hat echt an alles Mögliche Paprika rangeschnippelt«, beschwerte sich Malcolm mit rauer Stimme.

»Außerdem war er ein wirklich gehässiger Kerl«, fügte Selene hinzu.

Ich fragte die anderen, ob die Gefangenen ihrer Meinung nach neugierig darauf seien, wer sie eigentlich bekochte. Tiwa meldete sich aus ihrer Ecke und erzählte, dass sie manchmal, sehr selten allerdings, den einen oder anderen auf dem Flur treffe, wenn er gerade zu seiner Stunde Frischluft oder ins Bad gebracht wurde. Meist wende sie dann das Gesicht ab, weil es Unheil bringe, jemanden anzusehen, von dem man wisse, dass er sterben werde.

»Du hast diese Möglichkeit nicht, John Guadalupe«, sagte die Karankawa, während sie die Rabenfeder an ihrer Halskette berührte.

»Was fühlt man da eigentlich, wenn man denen in die Augen schaut, John?«, fragte García nach.

»Na ja, eigentlich tragen diese Männer so etwas wie eine Totenmaske. Ihre Gesichtshaut ist dünn wie Pergament, die Augenpartien dunkel wie rußige Asche. Fast kommt es einem so vor, als habe ihre Seele schon den Körper verlassen …« Dieses Mal hatte ich sie sehr wohl beeindruckt.

Tiwa bot mir ein Amulett an, mit dem sich ihrer Erklärung nach Unheil abhalten lasse. Es war ein Stein, den ich unter meinem Bett aufbewahren sollte. Eigentlich glaubte ich nicht an so was, aber ich nahm ihr Geschenk trotzdem an. Sie versicherte mir, dass es sich um weiße Magie handele. Mit diesem Amulett sei mir der Schutz der Naturgeister sicher. Unheil, so erklärte sie mir, sei etwas, das uns allen widerfahren könne, und habe nichts mit zerbrochenen Spiegeln oder schwarzen Katzen zu tun.

»Das Feuer frisst, der Wind zerstreut, das Wasser reinigt, und die Erde zersetzt, John Guadalupe«, sagte sie.

Mir hätte es mehr gefallen, wenn die Naturgewalten der Liebe über mich hinweggespült wären, aber gut, man kann nicht alles haben.

Good Morning West Livingston empfahl den Einwohnern, zu Hause zu bleiben beziehungsweise ihre Arbeitsstätte nicht zu verlassen, bis der Sturm vorübergezogen sei. Es heiße nun, Ruhe zu bewahren und neue Mitteilungen abzuwarten. Draußen hatte der Himmel seine Schleusen geöffnet, es fiel ein sintflutartiger Regen. Das Firmament hatte sich dunkelgrau verfärbt, und der Wind erreichte den Nachrichten zufolge Geschwindigkeiten von bis zu hundertfünfzig Kilometern pro Stunde. Er riss alles mit sich, was sich in seinem Weg befand. Ich schloss die Augen und stellte mir vor, wie eine große Luftsäule, innen hohl und spiralförmig, über die Landschaft hinwegfegte und dabei Kühe, Bäume und Autos mit sich riss. Die Natur, nicht so sehr die Gewalt des Menschen, hielt uns nun gefangen.

Durch die Lautsprecher wurde bekannt gegeben, dass der Strom ausgefallen sei und man die Notaggregate eingeschaltet habe, aber nicht genau wisse, wie lange diese durchhielten. Mit einem Mal wurden alle Lichter gedimmt. Das Abendessen für die Gefangenen fiel aus, wir mussten in der Küche bleiben. Wo wohl Brown, Bosco und Baier waren? Ich hatte keine Ahnung. Wir zündeten ein paar Kerzen an und setzten uns an den Tisch in der Mitte der Küche. Ich bekam Lust, mich schlafen zu legen oder mich schlafend zu stellen, um den anderen bei ihren Gesprächen zuzuhören, aber ich entschied, vorerst wach zu bleiben. Selene, die große Optimistin, schlug vor, zum Zeitvertreib Geschichten zu erzählen. Im Halbdunkel tastete ich mich zur Vorratskammer und holte eine der Jack-Daniel's-Flaschen von Chief Brown. Ich nahm einen großen Schluck und reichte die Flasche weiter. Sie wanderte von Hand zu Hand, von Mund zu Mund. García erzählte von seiner ersten Nacht im Knast in St. Louis, Missouri: Er konnte nicht schlafen und wurde so heftig von Bettwanzen attackiert, dass seine Beine in Flammen standen. Am Ende bekam er Fieber und wurde auf die Krankenstation gebracht.

»Ich danke dem lieben Herrgott noch heute für diese Wanzenplage, denn sie hat mir eine äußerst unangenehme Nacht auf einer steinharten Matratze erspart«, fügte er hinzu.

Alle kannten den Grund für seine Haftstrafe. An diesem Abend jedoch, im nostalgiegeschwängerten Halbdunkel, erzählte er noch einmal seine Version des Geschehens. Bei Beichten dieser Art stellt der Erzähler die Tatsachen oft anders dar, manipuliert sie, sodass sie meist nicht mehr mit dem übereinstimmen, was wirklich passiert ist. Man könnte es auch Neuschöpfung nennen. García wurde damals beschuldigt, in einem Anfall von Eifersucht einen Arbeitskollegen seiner Frau niedergestochen zu haben. Seine bessere Hälfte und das spätere Opfer arbeiteten damals zusammen in einem Kaufhaus, genauer gesagt in der Abteilung für Herrenbekleidung. Als García eines Tages seine Frau auf der Arbeit überraschen wollte, beobachtete er, wie beide aus derselben Garderobe kamen – er an seinem Hosenstall nestelnd, sie mit halb offener Bluse. Sie leugnete alles und kündigte kurz darauf. Ein paar Wochen später fand man den vermeintlichen Liebhaber mausetot in einer Nebenstraße. Garcías Ehefrau belastete ihren Mann, konnte aber keine Beweise für ihre Anschuldigungen beibringen. García musste eine Zeit lang hinter Gitter, weil er den Mann nach der Nummer in der Garderobe tätlich angegriffen hatte. Da er sich jedoch mustergültig führte, wurde er vorzeitig entlassen. Anschließend ging er nach Texas, um ein neues Leben zu beginnen. Der Gehörnte betonte immer wieder, dass er unschuldig sei, dass er den Mann zwar geschlagen habe, aber zu einem Mord nie und nimmer imstande sei.

»Außerdem ist ein Mord auch nicht gerade eine Kleinigkeit«, erklärte er. »Man muss ihn gut vorbereiten, muss die

Hilfsmittel und Waffen sorgfältig auswählen und darf nicht eine einzige Spur zurücklassen, wenn einem das eigene Leben lieb ist.«

In diesem Moment plötzlicher Vertrautheit stand Selene auf und sprach über die Geschichte ihrer großen Liebe, die wir allerdings auch schon alle kannten. Ich reichte ihr die Flasche, damit sie ihren Schmerz hinunterspülen und den Herzensbrecher, zumindest für den Augenblick, vergessen konnte.

Malcolm stellte sich dumm und wollte nichts erzählen. Sánchez bereitete derweil einen kleinen Snack zu, Cracker mit Käse und Teufelsschinken.

Als der Tornado direkt über unsere Köpfe hinwegfegte, gingen in der kompletten Haftanstalt die Lichter aus. Der Wind kroch durch die Ritzen ins Gebäude und löschte die Kerzen unserer Behelfsbeleuchtung. Ich fand eine Taschenlampe und stellte sie auf den Tisch. Ihr Lichtkegel zauberte einen weißen Kreis an die Decke, und fast wirkte es so, als würde uns eine Seele aus dem Jenseits besuchen wollen. Wieder tastete ich mich an den Wänden entlang zur Vorratskammer, um noch eine Flasche aus dem Whiskeylager von Chief Brown zu holen.

Als ich zurückkehrte, begann Tiwa, die Geschichte von einer Ahnin zu erzählen: eine Medizinfrau, die einen Pakt mit Satan eingegangen und nicht selten in Sonora und in Arizona zugleich aufgetaucht sei.

»Bilokation – die Fähigkeit einer Person, an zwei Orten gleichzeitig zu sein«, erklärte sie uns, denn niemand hatte verstanden, was sie meinte.

Als Medizinfrau der Karankawa verstand sich Tiwas Vorfahrin auf die alten Lehren, kannte die Geheimnisse der schwarzen Magie und wurde deshalb auch von der spanischen Inquisition verfolgt, verurteilt und eingesperrt. Am Ende hängte man sie öffentlich.

Vor der Hinrichtung sei ein sintflutartiger Wolkenbruch über ihrem Dorf niedergegangen. »Die Bewohner hatten noch nie im Leben so viel Wasser vom Himmel fallen sehen«, sagte Tiwa. »Es war wohl fast so wie das, was sich heute da draußen abspielt.«

Sie machte eine Pause. Wir anderen nahmen in der Zwischenzeit ein paar Schlucke aus der Flasche.

»Die Alten erzählten, sie hätten beobachtet, wie meine Vorfahrin auf einem tintenschwarzen Raben durch den Sturm hindurchgeflogen sei. Als die Wachmänner nach der Hinrichtung in ihre Zelle gingen, sahen sie an der Wand das Bild des Vogels. Es hieß damals, meine Ahnin habe ihre Kräfte benutzt, um den Raben aus dem Jenseits herbeizurufen, damit er sie von einer Welt zur anderen trage – von der Welt der Lebenden ins Reich der Toten.«

Als ich an der Reihe war, erzählte ich meinen Kollegen von einer Reise durch Japan, auf der ich gelernt hatte, Sushi mit rohem Thun, Masago und dem Laich von fliegenden Fischen zuzubereiten. Nachdem der Tornado vorübergezogen war, gingen die Ladys nach Hause. Für mich lohnte es sich nicht mehr, bis zur nächsten Schicht heimzufahren. Also legte ich mich auf den Tisch, kreuzte die Arme unter meinem Kopf und kniff die Lider zusammen, um mich schlafend zu stellen, wie damals als kleiner Junge. Drei lange Seufzer, zwei kurze. Meine Kollegen säuberten in der Zwischenzeit die Oberflächen in der Küche und fegten den Boden. Anschließend tranken sie Kaffee, sprachen dabei aber kein Wort. Ich atmete wieder normal, aber etwas tiefer und hielt die Augen weiter fest geschlossen.

»Ich steige aus«, flüsterte García nervös. »Ich habe meinen Teil erledigt, habe die Kohle bezahlt.«

»Du kannst uns doch jetzt nicht hängen lassen«, sagte Malcom.

»Und wie bitte schön soll die Zwei-Acht-Drei das Zeug kriegen, wenn Henry Urlaub hat?«, fragte Sánchez.

»Dann such halt einen anderen Schließer. Haben wir letztes Mal auch so gemacht. Kann allerdings sein, dass es dann teurer wird«, antwortete Malcolm.

»Bosco hat gesagt, die Sache muss morgen laufen«, fügte García hinzu. »Und sprecht leiser, verdammt, nicht, dass ihr noch das Dickerchen aufweckt.«

19

DEN ZUM TODE VERURTEILTEN das Recht auf eine letzte Mahlzeit ihrer Wahl einzuräumen, ist ein Privileg, das sie eigentlich nicht verdienen. Sie hatten schließlich auch nicht die Freundlichkeit, ihren Opfern vor der Tat eine Mahlzeit anzubieten. »Hättest du vielleicht noch gern ein Steak, bevor ich dich vergewaltige und stranguliere? Wie magst du es denn? Durch oder eher blutig? Vielleicht etwas zu trinken dazu? Nutz die Chance, Hübsche, denn gleich dreh ich dich durch den Fleischwolf.« Es ist reichlich paradox, sie auf diese Weise zu belohnen, ihnen Wunschmahlzeiten zu kochen, obwohl sie sich als Bestien erwiesen haben. Aber so ist das Leben, voller Widersprüche, und ehrlich gesagt habe ich mittlerweile auch Gefallen an meinem Beruf gefunden. »Was möchten Sie als letzte Mahlzeit essen?« Wie oft habe ich diese Frage wohl schon gestellt?

Ich habe in meinem Leben bereits viel gegessen. Anstatt einer letzten Mahlzeit würde ich mir vor der Hinrichtung lieber eine letzte Frau aussuchen wollen. Sie sollte den Hintern von Selene, die Lippen von Angelina Jolie und den zurückhaltenden Charakter von Tiwa haben. Dazu feste Titten in Melonengröße, die Taille und den Schwung von Shakira, eine kesse Art und die Kreativität meiner kleinen Chinesin Yin-Xia.

Durch den kleinen Fensterschlitz im oberen Bereich der Zellenwand konnte man einen grauen Himmel mit weißen Wolken sehen. Ryan Gómez schaute mit ausdrucksloser Miene zu ihm hinauf. Ich musterte den Mann vor mir, versuchte, Zeichen von Wut, Trauer, Resignation in seinen Zügen zu finden, aber es gelang mir nicht. Vielleicht lag es daran, dass sich diese Emotionen bei ihm mischten. Von Nahem betrachtet, sah das Gesicht von Gómez jedenfalls aus, als bestünde es aus Stein, und sämtliche Konturen wären mit festen Hammerschlägen hineingemeißelt worden. Seine Stirn war von waagerechten Linien gezeichnet, die Wangen von Pockennarben überzogen, die Nasenflügel aufgebläht, der Mund auf merkwürdige Weise verzerrt, die Zähne in die Unterlippe gedrückt. Ich sah zu den Wörtern hinab, die auf seine Finger tätowiert waren. LOVE. HATE. Liebe und Hass sind nicht so unterschiedlich, wie man denken mag, sondern im Grunde ein und dieselbe Sache. Dann war der Zeitpunkt für meine Frage gekommen.

»Was hätten Sie gern als letzte Mahlzeit, Zwei-Acht-Drei?«

Er antwortete nicht.

Ich seufzte, etwas lauter als nötig vielleicht, um ihm zu verstehen zu geben, dass ich wartete, aber auch ungeduldig war. Ich sah zur Zellenwand, an der ein kleines Poster von Selena Quintanilla-Pérez hing. Auf dem Bild trug die Tejano-Sängerin hoch taillierte Jeans und ein bauchfreies weißes Oberteil. Neben Selena hing eine Postkarte der Jungfrau von Guadalupe, meiner Namensvetterin, und ein vergilbter Zeitungsausschnitt mit einer Meldung zur Festnahme von Gómez. Überschrift: »Schwerstkrimineller endlich gefasst«. Auf dem Foto des Artikels war sein Blick wild und herausfordernd, jetzt blitzten seine Augen ähnlich intensiv.

»Betest du zur Jungfrau?«, fragte er mich.

»Eher selten. Wenn ich mal dran denke«, antwortete ich.

»Solltest du aber machen, Junge.«

Ryan Gómez stand auf und starrte mich an. Eins seiner Augen blieb reglos, die Pupille war so schwarz wie der Rest der Iris. Er fuhr sich mit der Zunge über Lippen, die so trocken und weiß waren, als hätte er seit Tagen kein Wasser getrunken.

Ich räusperte mich. »Also, was möchten Sie als letzte Mahlzeit essen?«, wiederholte ich meine Frage.

»Ich möchte nur eins: den Hurensohn zermalmen, der mir das Leben versaut hat. Der Kerl wird dran glauben und seine Strafe bezahlen. Und du, mein kleiner Koch, du wirst mir dabei helfen.«

Ich wollte etwas sagen, wusste aber nicht, was. Ich schluckte schwer, brachte kein Wort heraus. Gómez starrte mir weiter in die Augen.

»Du wirst den Chef von Polunsky umbringen, den Gefängnisdirektor. Wie du es anstellst, ist mir scheißegal. Wenn nötig, lutschst du ihm den Schwanz, um an ihn ranzukommen. Aber pass auf, dass du keine Spuren hinterlässt, wenn dir dein Leben lieb ist. Aber keine Bange, ich werde dich beschützen und ein paar Leute für dich abstellen.«

Im Hintergrund hörte ich die Stimmen der Wachmänner. Sie schienen verzerrt und ineinanderzufließen, waren überlagert von einem schrillen Pfeifton in meinen Ohren, der mich schwindelig werden ließ. Was hatte Ryan Gómez gerade zu mir gesagt?

Ich sah zur Tür. Wir waren allein. Waren die Wachen etwa geschmiert? Gómez packte mich am Hals.

»Wenn du das Schwein nicht erledigst, bist du selbst dran.«

»Warum ich?«, stammelte ich.

»Eben darum. Ein Wörtchen zu irgendjemanden, und ich lass dich in Stücke hacken.«

»Aber … ich … Was hab ich davon?«

»Dein Leben, du kleiner Scheißer.«

Ich hatte nur noch einen Gedanken: Raus, raus, raus, nichts wie raus aus der Zelle. Dann spürte ich wieder den Boden unter meinen Füßen und hörte einen Wachmann an der Tür.

»Seid ihr endlich fertig? Na los, auf gehts.«

Wieder fragte ich Gómez, was er als Henkersmahlzeit wolle, und fast versagte mir dabei die Stimme.

»Mir egal, was du kochst. Dir wird schon was einfallen, Suppenkasper.«

Ich war wie gelähmt.

Die Tür öffnete sich, und die Wachmänner kamen herein. Gómez setzte sich wieder aufs Bett, ganz ruhig, als sei nichts geschehen.

»Verstehe. Die Bestellung ist aufgenommen.« Mehr bekam ich nicht heraus. Als ich aus der Zelle trat, spürte ich, wie sich sein Blick in meinen Rücken schraubte.

Der Rückweg in die Küche war schrecklich. Ich versuchte, die Kommentare der Wachleute zu ignorieren, wusste dabei aber nicht einmal, ob sie überhaupt für mich bestimmt waren. Anscheinend war ich nicht der Einzige, der Chief Brown ins Jenseits wünschte, wenn ich es auch am liebsten beim Wünschen belassen hätte. Ich wischte mir die Schweißtropfen von der Stirn und versuchte, mich zusammenzureißen. Ich hatte das Gefühl, die weißen Wände des Flurs würden mich zerquetschen wollen. Mit jedem meiner Schritte rückten sie ein Stück näher, sowohl von den Seiten als auch von unten und oben. Vor meinem geistigen Auge sah ich bereits meinen zermalmten Körper. Trotz der grellen Leuchtröhren über mir vernebelte sich mein Blick. *Chief Brown umbringen, weil mir ein Insasse mit dem Tod droht, wenn ich es nicht tue?* Es klang absurd.

Dann drangen die Kommentare und das Gelächter zu mir durch. Die Wachleute machten sich lustig über mich, über meine ungelenke Art zu gehen, über die Angst, die mir die Zwei-Acht-Drei ganz offensichtlich eingeflößt hatte.

»Na, wohl die Hose voll und die Eier auf Linsengröße geschrumpft, oder, Herr Koch?«, spottete einer von ihnen.

»Buhu«, äffte der andere zwischen Lachanfällen ein Heulen nach, während ich nur daran denken konnte, was Gómez zu mir gesagt hatte.

Bevor ich zur Küche zurückkehrte, verzog ich mich auf die Toilette und schloss mich in einer der Kabinen ein. Jemand kam rein. Ich verhielt mich still und lauschte den Schritten des anderen. Wie er zum Urinal ging, wie seine Pisse ins Becken klatschte, wie er seinen Hosenstall schloss. Nachdem er gegangen war, richtete ich mich auf. »Entweder mache ich es, oder ich bin tot«, murmelte ich.

Mir war übel, und in meinem Mund floss der Speichel gefühlt literweise. Mein Magen krampfte, und mein Herz hämmerte wie das eines Pferdes nach einer Galoppstrecke. Ich schwitzte bestialisch. Eine saure Flüssigkeit verbrannte mir die Speiseröhre und bahnte sich dann brutal den Weg durch Mund und Nase. Gerade noch rechtzeitig beugte ich mich über die Kloschüssel. Der Wasserstrudel nahm das Erbrochene auf, verschluckte es in kreisenden Bewegungen und zog es in die Tiefen der Kläranlage des Polunsky hinab, wo es sich mit den Exkrementmassen vermischte, die täglich in diesem Gefängnis anfielen. *Chief Brown killen!*

Anstatt einen der Seinen zu beauftragen, hatte Ryan Gómez mich, John Guadalupe, ausgewählt, um den Gefängnisdirektor zu töten. Jemanden ohne Bindungen außer der zu seiner kranken Mutter. Wahrscheinlich hielt er mich für einen Mann, der nichts zu verlieren hatte. Meine Lebenspläne interessierten ihn nicht. Die Frage nach dem Warum – *Warum gerade ich?* – ließ mich nicht los. Seit wann hatten sie mich im Visier? Seit meiner Ankunft im Polunsky? Oder vorher schon? Hatten sie meine Aktivitäten beobachtet, waren in meine Wohnung eingedrungen, um meine Sachen zu durchsuchen? Sehr wahrscheinlich kannten sie meine Arbeitszeiten und wussten, dass ich sonntags nach Huntsville fuhr und die Leiterin der Bankfiliale vögelte. Jetzt zwangen sie mich, einen Gefängnisangestellten mit direktem Kontakt zum Chef, die Bluttat zu begehen. Jemanden, den niemand verdächtigen würde, wenn er es nur schlau genug anstellte.

Ich kehrte zur Küche zurück und versuchte, mir nichts anmerken zu lassen. Tiwa, wie immer ernst und geheimnisvoll, beobachtete mich aus ihrer Ecke heraus, wo sie gerade Orangen schälte. Selene zwitscherte eine Melodie, die nach einem Narcocorrido klang.

»Und, was will die Zwei-Acht-Drei?«, fragte Malcolm.

»Langustenschwanz, Käsekuchen, Totopos mit Bohnen«, log ich.

»Und woher soll ich das Schalentier nehmen, bitte schön?«, rief er empört.

»Mir egal. Und wenn du nach Galveston fährst und das Vieh selbst aus dem Wasser holst oder ein Red-Lobster-Restaurant überfällst. Mach dir einen Plan«, antwortete ich.

Nach Feierabend verließ ich das Polunsky-Gefängnis, so schnell ich konnte. Ich wollte frische Luft atmen, wollte runterkommen, über das nachdenken, was mir immer noch wie ein irrwitziger Albtraum vorkam.

Der Nachmittagshimmel war so verhangen wie die Gedanken in meinem Kopf. Durch die Gläser meiner Ray-Ban kam mir West Livingston noch grauer und seelenloser vor. Schweigend schoben sich die Menschen durch die Straßen, wie programmiert, um zu bestimmten Orten zu gelangen oder ihnen aufgetragene Tätigkeiten zu erledigen. Roboter, die mit starrem Blick vorwärtsmarschierten, Einkaufstüten schleppten, Hunde ausführten. Alle gleich. Auch ich fühlte mich jetzt wie ein Roboter, ein Android. Man hatte mir einen Befehl gegeben, den ich nun ausführen musste. Mein Auftrag jedoch widersprach dem wichtigsten der Robotergesetze: Ein Roboter darf einem menschlichen Wesen niemals Leid zufügen. Menschen dürfen das sehr wohl. Sie töten, quälen, verletzen. Nichts und niemand hindert einen Menschen in seinem Naturzustand daran, abscheuliche Taten zu begehen. Es sei denn, er hält sich an moralische Grundsätze oder fürchtet einen rachsüchtigen Gott, diesen grausamen und stets auf Vergeltung sinnenden Herrscher, den uns Padre Alonso beschrieb und der in einem Leitsatz sagte: »Du sollst nicht töten.« Ich bin jedoch weder eine Maschine, die programmiert wurde, ein menschliches Wesen zu ermorden, noch ein Mensch mit der Fähigkeit, einen Artgenossen zu liquidieren.

Ich bin einfach nur John Guadalupe.

20

ALS ICH DIE TÜR zu meiner Wohnung öffnete, erwarteten mich dort zwei Männer. Einer durchsuchte gerade meine Sachen, schien jedoch meine Schatzkiste noch nicht gefunden zu haben, der andere saß auf einem Stuhl. Beide rauchten. Am liebsten hätte ich auf der Stelle kehrtgemacht und wäre wieder hinausgegangen, stattdessen blieb ich wie angewurzelt stehen. Es waren die Handlanger von Ryan Gómez, und sicherlich würden sie kurzen Prozess mit mir machen, wenn ich jetzt irgendwelche Tricks versuchte. Sie trugen Sonnenbrillen, dicke Goldketten um den Hals, Kettchen an den Handgelenken und prunkvolle Ringe an den Fingern.

Einer der beiden hatte ein ziemliches Affengesicht. Er ließ die Zigarettenkippe fallen und trat sie auf dem Teppich aus. Sie ließen sich nicht von meiner Anwesenheit stören, unterhielten sich und tranken mein Bier, als wäre nichts dabei, als wäre es alltäglich, ohne Vorwarnung in fremde Wohnungen einzudringen.

»Nicht so schüchtern, Muchacho«, sagte der Robustere der beiden und fischte sich eine neue Bierdose aus dem Kühlschrank.

»Der Auftrag muss makellos ausgeführt werden, wenn du weiterhin dieses hübsche Köpfchen auf deinen Schultern tragen willst. Wir haben dich im Auge, John Guadalupe«, meldete sich der Gorilla zu Wort, während er eine leere Dose zerdrückte. »Hey, Fatty, gib mir auch noch ein Bier.«

»Sind alle. Nächstes Mal ist der Kühlschrank voll, verstanden, Muchacho?«

Dann packten sie mich, zerrten mich quer durch den Raum und drückten mich in einen Stuhl. Eine Sekunde später spürte ich die kalte Mündung eines Revolvers an meiner Schläfe.

»Wenn du nicht die Eier hast, die Sache durchzuziehen, dann sag es lieber gleich, und wir beenden die Angelegenheit hier und jetzt.«

Ich brachte kein Wort heraus.

»Was ist los? Frosch im Hals? Kein Problem, das haben wir gleich. Schon mal was von russischem Roulette gehört? In dieser Trommel hier ist nur eine Patrone. Ich drehe jetzt den Zylinder und spanne den Hahn. Dann möchte ich von dir hören, dass du die Sache durchziehst. Wir sind die Augen von Ryan Gómez, und glaub mir, er sieht genau, was du machst, ganz egal, wo er ist.«

Zweimal hörte ich das trockene Schnappen des Abzugs, konnte aber nicht eine Silbe über die Lippen bringen. Ich wollte schreien: *Okay, okay, okay! Ich hab ja verstanden!* Aber ich konnte nicht, meine Kehle war wie zugeschnürt. Beim dritten Klicken presste ich ein kaum hörbares »Ich machs« hervor.

»Wie bitte?«, herrschte mich das Affengesicht an und hauchte mir seinen Biergestank ins Gesicht.

Immer noch zitternd, wiederholte ich meine Worte, dieses Mal etwas lauter.

»Na also, geht doch. Eine Abreibung bekommst du trotzdem noch von uns«, kündigte der Dicke an.

Ein Fußtritt gegen den Stuhl, und ich lag am Boden. Vielleicht hätte ich gleich wieder aufstehen sollen, aber einen Moment später hagelten schon Schläge und Tritte auf mich nieder. Meine Rippen, mein Rücken, meine Beine, nichts wurde verschont. Zum Abschluss trat mir der Fettwanst auf die linke Hand.

»Den Kleinen oder den Zeigefinger? Worüber würde sich der Boss eher freuen?«

»Die Eier, Mann, natürlich die Eier.«

Dann wurde alles schwarz.

Als ich wieder zu mir kam, wusste ich nicht, ob es spätabends oder frühmorgens war. Die Wohnung lag im Dunkeln, alles war still. Vor Schmerz stöhnend, untersuchte ich meine Hände, tastete meinen Kopf und meinen Schritt ab. Alles intakt. Bis auf mein Portemonnaie aus echtem Büffelleder und die Goldkette mit dem Anhänger vom heiligen Judas Thaddäus fehlte nichts.

Ich richtete mich auf, doch mir wurde sofort schwindelig. Mühevoll schleppte ich mich zum Bett. Ich fieberte. Die blauen Flecken, das Blut und die Schmerzen waren der Beweis: Es war kein Albtraum, sondern die Realität. Der Direktor vom Polunsky musste sterben, und zwar durch meine Hand.

21

KORRUMPIERT DIE GESELLSCHAFT den Menschen?« So lautete der Vortrag, den Dr. Baier am folgenden Tag für das Gefängnispersonal hielt. Zu meinem Unglück war die Teilnahme obligatorisch. Begründet wurde die Maßnahme mit dem Ziel, unsere Achtsamkeit im Arbeitsalltag zu fördern. Als es so weit war, ging ich in den Versammlungsraum und setzte mich in die letzte Reihe, um nach Möglichkeit von niemandem angesprochen zu werden. Ich konnte mich nicht konzentrieren und musste die ganze Zeit an Ryan Gómez denken. Sein Gesicht, die Buchstaben auf seinen Fingerknöcheln, seine Worte. García traf kurz nach mir ein und setzte sich auf den Stuhl rechts von mir. Ich hatte Angst, dass er mein besorgtes Gesicht und das nervöse Herumgekaue auf Unterlippe und Fingernägeln bemerken könnte. Ich fühlte mich weiterhin fiebrig.

Brown, Baier und Bosco betraten pünktlich den Saal und setzten sich hinter den mit einem weißen Tuch bedeckten Metalltisch ganz vorn.

»Herzlich willkommen zu diesem Vortrag von unserer erfahrenen Psychologin Dr. Baier. Das Thema lautet …« Brown dachte einen Moment nach, aber es war offensichtlich, dass er sich nicht an den Titel der Veranstaltung erinnerte.

»Nun, Sie haben ja alle das Schild am Eingang gelesen, nicht wahr?«, schloss er die Ankündigung ab.

Das Podium war etwa einen Meter hoch und zehn Sitzreihen von mir entfernt. Von meinem Platz ganz hinten konnte ich den Chief sehen, wie er sich zu Baier beugte und sie sehr wahrscheinlich nach dem Thema des Vortrags fragte. Mit versteinerter Miene griff sie sich das Mikrofon.

»Wie Sie wissen, gelten die Begriffe Verbrechen und Delikt als äquivalent, aber Mord und Totschlag sind zwei grundverschiedene Sachen. Die Geschichte der westlichen Welt basiert auf der Unterteilung in Gut und Böse, Licht und Dunkelheit, das Absolute und das Relative. Stellen Sie sich ein Kind vor, das man frei von äußeren Einflüssen in einer natürlichen Umgebung erziehen will – allein auf Grundlage von Sinneseindrücken, der Erforschung und Beobachtung der Umwelt, fernab der Gesellschaft. Glauben Sie, dass dieses Kind ein guter und rechtschaffener Mensch werden würde? Was passiert, wenn es später mit anderen Personen in Kontakt käme? Das menschliche Wesen ist von einer ursprünglichen Güte erfüllt, die später jedoch durch verschiedene gesellschaftliche, kulturelle und andere Einflüsse pervertiert wird …«

Bosco unterbrach sie mit einem heftigen Hustenanfall, den er mit dem eilends gezückten Taschentuch nur dürftig unterdrücken konnte. Die Frau Doktor ließ sich allerdings nicht stören.

»Ich möchte Ihnen dazu einige Beispiele von Strafgefangenen erläutern, die hier im Polunsky einsaßen und später hingerichtet wurden«, leitete sie ein. »Ich habe diese Männer über Monate hinweg mit psychoanalytischen Ansätzen behandelt und konnte auf diese Weise ihre unterbewussten Impulse, ihre Triebe, Instinkte, Veranlagungen und unterdrückten Sehnsüchte studieren. Bei diesen Straftätern war es wie bei allen anderen Menschen auch: Das Unterbewusstsein bestimmte ihre Handlungen. Ich hatte die Hoffnung, dass sie trotz ihrer bevorstehenden Exekution in der Lage wären, ihre Schuld zu akzeptieren und ihre moralische Verantwortung nicht nur vor sich selbst, sondern auch gegenüber der Gesellschaft anzunehmen. Es folgen jetzt einige Fälle: Ein junger Mann mit griechischen Wurzeln erdrosselte seine Freundin und deren Schwester. Als Begründung für die Tat gab er an, die beiden hätten zu viel Zeit miteinander verbracht, er habe sich ignoriert gefühlt und sei darüber eifersüchtig geworden. Ein anderer Mann brachte seine Großeltern um und konnte keinen Grund für die Tat nennen. Dann gab es noch den relativ kuriosen Fall eines Musikers, der den Gitarristen seiner Live-Band erstach, weil dieser sich während eines Konzerts verspielt hatte. Über diesen Mann führte ich umfangreiche Studien durch, analysierte sein soziales Umfeld, die Beziehungen zu Familienangehörigen und Freunden und seine Wohnumgebung. Ich untersuchte sogar Musik und Texte der von ihm aufgenommenen Lieder. Die zentrale Frage blieb allerdings bestehen: Was entfesselt diese mörderische Gewalt?«

Tiwa und Selene unterhielten sich im Flüsterton, was die Frau Doktor mit einem ernsten Blick bestrafte. Nach einer halben Stunde stand Chief Brown mitten im Vortrag auf und verließ den Saal ohne Verabschiedung.

»All diesen Menschen gemein ist ein gewisser Drang nach neuen Empfindungen. Empfindungen von oft grenzüberschreitendem Charakter, ein Drang, der nicht in ausreichendem Maße unterdrückt beziehungsweise sublimiert werden konnte.« Endlich, nach weiterem Geschwafel, kam die Baier zum Ende. »Der Todestrieb, sprich die Gewalt, wohnt uns allen inne, findet sich in Familie, Schule, sozialem Umfeld.«

Bosco saß zurückgelehnt hinter seinem Schreibtisch. Im Grunde war unsere Arbeitsbesprechung zu Ende, und ich wollte gerade gehen.

»Zwei Sachen noch …«, hielt er mich zurück. Er ermahnte mich, weder mit Journalisten noch Aktivisten über die Vorgänge in der Haftanstalt zu reden, und erwähnte dabei explizit die Demonstration der Todesstrafengegner. Anschließend fügte er hinzu, dass derartiges Verhalten bestraft werde, im schlimmsten Fall mit der Entlassung.

Dann zog er sein Notizbuch hervor, machte einige Vermerke und schob mir ein paar Dokumente zu, die ich unterschreiben sollte. Auf diesen Papieren waren Kosten für zusätzliche Mahlzeiten aufgeführt, an deren Zubereitung oder Ausgabe ich mich jedoch nicht erinnern konnte. Schwarz auf weiß standen dort Angaben zu Art, Menge und Nährwerten des wöchentlichen Zusatzessens – allesamt erstunken und erlogen, wenn man bedenkt, wie schlecht die Strafgefangenen im Polunsky tatsächlich ernährt wurden. Bosco bemerkte mein Zögern und schaute mich mit ernster Miene an.

»Na los, unterschreib schon. Damit sicherst du dir einen Sonderzuschlag am Ende des Jahres.«

Obwohl mir sehr unwohl bei der Sache war, unterschrieb ich mit, wie ich fand, eindrucksvollem Schwung die Dokumente, die ich noch nicht einmal richtig hatte lesen können.

Als ich aufstand, um zu gehen, wurde mir plötzlich schwindelig. Meine Stirn war heiß, mein Rücken von kaltem Schweiß bedeckt. Ich nieste, und Bosco reichte mir ein mit seinen Initialen besticktes Taschentuch.

Zu Hause erwartete mich am Kühlschrank eine Botschaft: »Komm in die Gänge, du Schwanzlutscher, oder wir reißen dir die Glocken vom Stamm.«

Thomas McKane, dreiundfünfzig Jahre alt. Zum Tode verurteilt wegen Mordes an fünf Schwarzen Kirchgängern. Nach dem Gebet in einem unweit von Dallas entfernten Gotteshaus hatte McKane das Feuer auf die dort Anwesenden eröffnet.

Letzte Mahlzeit: im Ofen gebratene Truthahnbrust à la americana, Hash Browns, Bananenbrot und Sprite.

Letzte Worte: »Das war kein Truthahn, sondern Huhn. Ich will, dass die Presse davon erfährt. Ich komme wieder.«

22

MEIN LEBEN. Das war also der Lohn, den ich für den Mord an einem anderen Menschen bekommen sollte. Wenn Ryan Gómez und seine Leute mich für den Auftrag angemessen bezahlen würden, sähe die Sache sicherlich ganz anders aus. Mit ein wenig Glück hätte ich dann genug für einen Neuanfang und könnte ein paar Restaurants aufmachen, eins in Texas, eins in Hollywood. Ich würde sie »Guadalupes Gourmet« nennen und neben den Highlights der internationalen Küche auch das ein oder andere mexikanische Gericht anbieten. Die harte Arbeit übernähmen andere Köche, meine Aufgaben würden sich darauf beschränken, die Qualität zu sichern, die Abläufe zu koordinieren, die Hygiene zu gewährleisten. Ich stünde am Eingang, um die aus fremden Ländern angereisten Gäste zu begrüßen. Selene wäre die Chefin meiner Kellnermannschaft, denn bei ihrem Hüftschwung würden nicht nur die Kollegen Augen machen. Auch Tiwa wäre Teil der Belegschaft, als Buchhalterin vielleicht, und würde genug verdienen, um nie wieder irgendjemandes Lustpuppe spielen zu müssen. Für die Samstagabende ließe ich mir etwas Besonderes einfallen: Live-Musik von der besten Norteño-Kapelle in Texas.

Vielleicht sollte ich mir das Leben aber noch einfacher

machen und von dem Mordsold ein Hotel eröffnen oder gleich Herrn Trump eins abkaufen.

Aber in Wahrheit stand nichts von all dem zur Debatte. Mit meinen infantilen Fantasien versuchte ich zu verdrängen, was gerade passierte.

Die Mafiosi von Gómez warteten vor meiner Wohnung. Ohne ein Wort zu sagen, liefen sie hinter mir her. Ich versuchte, normal zu gehen, ohne Eile, als sei ich nur ein x-beliebiger Bürger, unterwegs zu einem bestimmten Ziel. Ein paar Straßen weiter hatte ich das Gefühl, meine Verfolger los zu sein.

Ich schlug den Weg zum Lake Livingston ein, wo ich meine Gedanken ordnen und meine Lungen mit frischer Luft füllen wollte. Bald schon fand ich mich inmitten von grünen Bäumen wieder, durch deren üppiges Blätterwerk das sanfte Licht des Morgens blinzelte.

Wenn ich es tue, rette ich damit meinen Arsch.

Wenn ich es nicht tue, lande ich zerhackt und in einem Müllsack verpackt bei den Welsen auf dem Grund dieses Sees. Verschwunden für immer und ewig. Doña Elvira würde nie wieder etwas von mir hören und lange vor ihrer Zeit an Kummer und Gram zugrunde gehen.

Vielleicht bliebe mir noch Zeit für ein Testament. Mein Basecap der Houston Astros würde ich García vermachen. Der war schon immer scharf darauf gewesen und würde nie erfahren, dass das Autogramm von Craig Biggio in Wirklichkeit aus meiner Feder stammte. Rosita, die fünfzehnjährige Jungfrau, bekäme irgendein Kleidungsstück, damit sie sich immer an mich erinnern würde. Mein Rezeptbuch hinterließe ich Tiwa. Meiner kleinen chinesischen Nymphomanin Yin-Xia sollten meine schmutzigsten Fantasien gehören. Correcaminos überließe ich mein Santoku: »Diese

Klinge ist etwas ganz Besonderes, damit musst du vorsichtig umgehen. Benutze sie, aber nicht für irgendwelche Dahergelaufenen.« Dr. Baier bekäme ein Jahresabo der Zeitschrift *Lesbisch leben*. Catherine lediglich meine besten Grüße.

Möglich, dass ich nach dem Tod als derselbe wiederkomme, um mein Leben noch einmal zu leben, ohne auch nur ein Detail daran ändern zu können. Das wäre wirklich die Hölle. Ich werde in Eden geboren. Beziehe Prügel von Don Pascual. Sehe Cannas sterben. Mache noch einmal die Ausbildung zum Koch. Die Fickereien mit der dicken Enriqueta würde ich nur allzu gern umgehen, aber gut, wer A sagt, muss auch B sagen. Ich gehe wieder mit den Reyes Latinos auf Diebestour und verknalle mich noch einmal Hals über Kopf in Dawn. Im Polunsky drückt mir die Baier dieselbe Ansprache auf: »Ich möchte Sie um Ihr Engagement bitten, John, einen Einsatz, der über die Tätigkeit als Koch hinausgeht …« Noch einmal habe ich das Vergnügen, mit Cathy in die Kiste zu steigen, ihr die Nippel zu verdrehen, die Pussy zu lecken und ihr Blut zu trinken. Ich begegne Chief Brown, der noch derselbe Bastard ist wie in meinem vorherigen Leben, und Ryan Gómez, der sich auch kein Stück verändert hat.

Am Kai angekommen blieb ich stehen. Das Schlendern durch die Natur hatte mich beruhigt. Ich wusste nun, dass ich nur eine Option hatte.

Der Langustenschwanz wurde abgelehnt, da er das Budget für eine Henkersmahlzeit gesprengt hätte. Stattdessen schleppte Malcolm Garnelen an. Auf meine Anweisung hin entfernte er zuerst den Kopf und schälte die Viecher dann.

Die Totopos für die Bohnen sparte ich mir, den gottverdammten Käsekuchen ebenso. Nichts von alledem war wirklich wichtig.

An meinen Weg durch den Todestrakt an diesem Tag erinnerte ich mich noch Jahre später. Besser als an den ersten und auch besser als an irgendeinen anderen. Ich versuchte, die Titelmelodie von *Der Clou* zu pfeifen, aber sie wollte mir nicht über die Lippen kommen. Ich suchte nach dem schwarzen Fleck in Form des gekreuzigten Jesus Christus, aber ich fand ihn nicht. Die Treppenstufe mit der abgebröckelten Kante sah ich allerdings sofort, und ich hörte auch das Quietschen der letzten Tür. Die Schließer sahen mich an wie immer und achteten kaum auf mich.

An der Zelle stieß ich mit einer Ecke des Wagens gegen die Tür. Ich zog das Gefährt zurück, richtete die Räder neu aus und versuchte es abermals. Wieder rammte ich ihn gegen das Metall, dass das Geschirr klirrte. Gómez erhob sich, als ich eintrat.

Nachdem ich das Essen geliefert hatte, verließ ich rasch die Zelle. Mir blieben sechzig Minuten, bis ich das Tablett wieder abholen musste. Ich ging zum Speisesaal für die Gefängnisangestellten, der um diese Zeit komplett leer war. Um meine Nervosität in den Griff zu bekommen, machte ich mich daran, das Geschirr und das Besteck zu zählen. In meinem Kopf hallten jedoch die letzten Worte von Gómez wider. Meine Hände zitterten, ein Teller glitt mir durch die Finger und zerschellte auf dem Boden. Ich erstarrte zu einer Salzsäule und brauchte einen Moment, um mich zu fangen. Dann hockte ich mich hin, um die Scherben einzusammeln.

»Was ist denn hier los, Mann? Los, steh auf.«

Ich schaute nach oben, es war Henry. Er sagte, ich solle

verschwinden. Die Jungs vom Reinigungsdienst würden später mein Chaos beseitigen.

Als ich zum Abräumen in die Zelle 283 ging, war das Tablett so, wie ich es geliefert hatte. Ryan Gómez hatte es nicht angetastet. Er lag unter dem Bild von Selena auf seiner Pritsche, die Hände im Nacken, die Beine übereinandergeschlagen. Während ich kurz vor einem Nervenzusammenbruch stand, schien Gómez die Ruhe selbst. Fast wirkte es so, als sei ich und nicht er derjenige, der bald schon nach Huntsville überstellt und dort hingerichtet werden sollte.

Ich fühlte mich wie ein Idiot, als ich fragte, ob ihm das Essen nicht zugesagt habe. Er antwortete mir von seiner Pritsche aus: »Du kennst das Gericht, das ich bestellt habe. Die Leute sagen, dass man es am besten kalt serviert. Ich habe dich am Arsch, Junge. Erledige den Auftrag, oder wir sehen uns bald schon wieder, Cabrón.«

23

RYAN GÓMEZ GING VON DIESER ERDE, ohne seinen Befehl ausgeführt zu sehen. Ich wusste, dass sein Auftrag nicht mit ihm starb und mich nichts und niemand davon erlösen konnte.

Der Tisch mit dem Catering war vorbereitet: Kaffee, Wasser und andere Erfrischungen. Auch dabei, allerdings gut versteckt, war der Whiskey von Brown. Die Zeiger der Uhr an der Wand schienen stehen geblieben zu sein.

Ich stellte mir vor, wie Gómez mich aus der Exekutionskammer anstarren würde, zwei Finger auf seine Augen gerichtet, um mir zu verstehen zu geben, dass ich überwacht wurde und es keinen Ausweg gab, dass er mich bei den Eiern hatte.

Dann kamen die Männer von Gómez, im Schlepptau ein paar stark geschminkte Frauen in taillierten Kleidern. Sie setzten sich. Fatty kam zum Tisch mit den Getränken.

»Auch wenn der Boss heute von uns geht, werden seine Befehle ausgeführt«, zischte er mit zusammengepressten Zähnen.

Unter den Anwesenden fiel mir ein junger Bursche auf, der eine ältere Dame am Arm führte. Sie sprachen leise miteinander, aber ich verstand trotzdem einiges. Dass sie

Gómez schon Jahre nicht mehr besuchen durften, dass es eine große Ungerechtigkeit sei und so weiter und so fort. Die Alte, wahrscheinlich die Mutter des Kartellchefs, hielt einen Rosenkranz in den Händen und weinte.

Dann kamen Chief Brown, Dr. Baier, Bosco, der offizielle Zeuge der Hinrichtung und einige Beamte. Auch Jeremiah Goodwing tauchte auf, allein in einer Ecke, mit der Heiligen Schrift in der einen und seinem Gehstock in der anderen Hand. Ich verschanzte mich wie ein verängstigter Hund hinter meinem Tisch.

Zum Schluss trat eine Frau in grauem Anzug ein. Es war Hillary Lawson, die Anwältin von Ryan Gómez, Spezialistin für Appellationsanträge bei Urteilen mit Todesstrafe. Ich kannte sie aus dem Fernsehen. Sie tauchte regelmäßig in den Medien auf und hatte schon einige Male die Aufschiebung einer Hinrichtung erwirkt.

Im Zentrum der Hinrichtungskammer stand die Bahre mit den weißen Laken und den Ledergurten zur Fixierung des Todeskandidaten. Zwei Gefängniswärter führten Gómez herein. Er ging aufrecht, die Brust vorgestreckt, und schaute zur Seite, zu seiner Mutter, zu seinen Kumpanen, zu Brown. Zu mir. Er legte sich auf die Bahre und streckte die Arme seitlich von sich. Neben ihm standen zwei weitere Wachen und ein Arzt. Sie schnallten ihn fest und fuhren die Bahre ein Stück in die Höhe. Von meinem Tisch aus konnte ich sein Gesicht sehen. Er hatte immer noch diesen harten Blick und starrte in das weiß gleißende Licht der Lampe über ihm.

Chief Brown las die Anweisung zur Vollstreckung des Todesurteils vor. Der Pastor begann, ein Gebet zu murmeln. Die Mutter von Gómez stand auf, voll des Stolzes auf ihren Sohn, der so viel Gutes für die Seinen erreicht hatte. Der junge Bursche neben ihr, offensichtlich der jüngere Bruder des Hinzurichtenden, kämpfte mit den Tränen.

»Letzte Worte?«, fragte der Uniformierte neben der Bahre. Man merkte, dass es Routine für ihn war und er seinem Feierabend entgegenhechelte.

»Gott schütze euch«, sagte Gómez.

Seine Mutter brach erneut in Tränen aus.

Brown beobachtete ihn genau. Sein Gesicht strahlte die große Zufriedenheit eines Menschen aus, der sich an der Macht ergötzt, das Leben eines anderen auszulöschen. Dr. Baier war ganz und gar in Gedanken versunken und suchte wahrscheinlich wieder mal nach einer Antwort auf die Frage nach dem Warum. Warum verhalten sich die einen so, die anderen so? Was bringt Menschen zu derart antisozialen Taten? Bosco kümmerte sich derweil um den reibungslosen Ablauf der Prozedur und bemühte sich um das Wohlbefinden der Anwesenden, vor allem um das der Mutter und des Bruders, so absurd das in dieser Situation auch sein mochte. Er warf einen Blick auf das Thermometer und wies mich an, den Angehörigen Erfrischungen anzubieten.

»Ja, gib mir ein Glas, John Guadalupe«, sagte der jüngere Bruder von Gómez zu mir. Er kannte meinen Namen. Er wusste, wer ich war.

Der Arzt hatte Schwierigkeiten, am linken Arm von Gómez eine für die Injektion geeignete Vene zu finden.

»Tja, da hat die Fixerei ihm wohl die Venen versaut«, bemerkte der Chief.

Der junge Gómez schnellte von seinem Stuhl hoch und war im Begriff, sich auf Brown zu stürzen, aber der Gorilla hielt ihn zurück. Der Arzt versuchte es am anderen Arm, Gómez schrie auf. Die Anwältin machte sich ein paar Notizen und warf den Beamten geringschätzige Blicke zu.

Schließlich lag der Zugang, und das Gift aus der Spritze floss in den Körper des Hinzurichtenden. Gómez stöhnte und schloss die Augen. Ein paar Sekunden später begannen Krämpfe seinen Körper zu schütteln, seine Extremitäten zitterten, sein Kopf zuckte. Er versuchte, etwas zu sagen, konnte aber nur unverständliches Kauderwelsch hervorpressen. Ein dunkler Fleck breitete sich auf seiner Hose aus. Die Angst, der Schmerz – Ryan Gómez hatte sich besudelt.

Lawson stand auf, sichtlich aufgewühlt. Sie hatte versucht, einen Aufschub für die Vollstreckung der Hinrichtung zu erwirken, und in letzter Sekunde einen Appellationsantrag beim Gouverneur eingereicht.

Er war abgelehnt worden.

Der Todeskampf von Gómez dauerte länger als normal. Er verdrehte die Augen wie ein Besessener, sein Brustkorb bebte und krampfte, und aus seiner Kehle drangen die röchelnden Geräusche des bevorstehenden Erstickungstodes. Zwanzig qualvolle Minuten später verabreichte man ihm eine zweite Dosis, und er verlor das Bewusstsein.

Um 20.30 Uhr stellten die vom Gericht beauftragten Ärzte den Tod von Ryan Benjamín Gómez Hernández fest.

Seine Mutter, Fatty, der Gorilla und ihre Entourage standen auf und gingen zum Ausgang. Ich war gerade mit dem Aufräumen der Gläser beschäftigt, als eine sanfte Stimme mir etwas ins Ohr flüsterte.

»Ich bin Richie Gómez und ab jetzt dein Boss.«

24

TIM KELLER HÄNGTE DEN FALL Gómez an die große Glocke.

Nach der Hinrichtung des Kartellchefs führte er außerhalb der Walls Unit in Huntsville, wo erneut mehrere Dutzend Gegner der Todesstrafe protestierten, ein Interview mit Hillary Lawson. Das Gespräch der beiden wurde in den Fernsehnachrichten gebracht und lief auch bei *Good Morning West Livingston*, wo ich es hörte. Die Anwältin berichtete, dass der Hingerichtete nach der Giftspritze mehr als eine halbe Stunde lang keuchend und krampfend auf der Bahre gelitten habe, obwohl von offizieller Seite immer wieder betont werde, die anfängliche Sedierung sei ausreichend, um einen schnellen und schmerzlosen Tod herbeizuführen. Bei ihrem Mandanten sei sogar eine zweite Injektion nötig gewesen, um ihn nach übermäßig langer Qual zu töten. In diesem Zusammenhang ging Lawson auch auf den intransparenten Beschaffungsprozess der für die Hinrichtungen benutzten Chemikalien ein. Zum Großteil kämen diese von anonymen Pharmaanbietern, deren Quellen selbst die Behörden nicht kannten.

»Glauben Sie, dass Chief Brown korrekt gehandelt hat?«, fragte Keller.

»Das gilt es jetzt zu untersuchen. Es heißt, Brown habe einen gewissen Groll gegen meinen Mandanten gehegt.«

»Da ließe sich einwenden, dass nicht alle Hinrichtungen gleich ablaufen, oder?«

»Nein, das kann ich nicht gelten lassen. Nicht nur war mein Mandant unschuldig, man hat ihn auch vor den Augen seiner Familie extreme Qualen leiden lassen. Es war ein zutiefst demütigendes Schauspiel, ein Martyrium. Leider interessiert sich der Oberste Gerichtshof der Vereinigten Staaten bislang nicht für die ethischen Fragen einer Vollstreckungsmethode, die nicht nur für Herrn Gómez ungeheuerliche Torturen bedeutete«, sagte die Anwältin dem Reporter.

In der Folge initiierte Tim Keller eine regelrechte Kampagne gegen die Zustände in amerikanischen Haftanstalten, besonderes Augenmerk legte er dabei auf die Abläufe im Zusammenhang mit den Hinrichtungen im Polunsky. Als Erstes veröffentlichte er eine Reihe von Artikeln in lokalen Zeitungen, in denen er der Öffentlichkeit bis dahin unbekannte Details über das Leben und Sterben im Polunsky beschrieb: die unmenschliche Behandlung der Strafgefangenen, die schlechte Ernährung, die körperlichen Misshandlungen durch das Wachpersonal. Er erklärte, er habe eine Quelle im Gefängnis, einen glaubwürdigen Informanten, der ihm hochauflösende Einblicke in den Wartesaal des Todes, dieses Teufelsloch, wie er es nannte, liefere.

Die Behauptungen von Keller trieben Brown in den Wahnsinn. Er trat eine regelrechte Hexenjagd los, um den Spitzel zu finden, der dafür sorgte, dass der Journalist in der Lokalpresse die schmutzige Wäsche seiner Haftanstalt waschen konnte. Wie ich erfuhr, marschierte Brown in seiner manischen Suche sogar in die Gefängniswäscherei und drangsalierte die dort arbeitenden Chinesen (was für ein Klischee!), obwohl diese kaum Englisch sprachen. *Es ist sicherer, im Labyrinth zu suchen, als in einer käselosen Situation zu verharren.* So stand es auf Seite siebzig meines Ratgebers.

Wenig später kam Brown in die Küche und beschuldigte uns, mit der Presse kollaboriert und in Bezug auf die Zustände im Polunsky Lügen verbreitet zu haben. Er drohte sogar, uns deswegen zu den Häftlingen in die Zellen zu stecken.

»Ich weiß, dass die euch bezahlen, aber ich sag euch was«, er zeigte der Reihe nach mit dem Finger auf uns, »wer mich verrät, dem krabbeln bald schon die Kakerlaken aus dem Mund.«

Der Mann, der da vor mir wütete und mit Drohungen um sich warf, war also der, den ich umbringen sollte. Und im Moment auch umbringen wollte. Ich sah ihn mittlerweile mit anderen Augen und fragte mich, wie ich ihn am besten ins Jenseits befördern würde können. Der Leiter eines Hochsicherheitsgefängnisses – ermordet von einem Küchenangestellten, einem Chicano-Koch. Langsam dämmerte mir, dass ich das perfekte Alibi hatte.

»Immer mit der Ruhe, Jefe, hier sind alle auf Ihrer Seite. Warten Sie kurz, wir holen Ihnen jetzt erst mal einen Whiskey und eine kleine Schmackatelle«, versuchte ich, mein potenzielles Opfer zu beruhigen, aber mein beschwichtigender Ton schien den Chief nur noch tiefer in die Raserei zu treiben.

Ich ging zur Vorratskammer, griff mir eine Flasche Jack Daniel's und schenkte ihm einen doppelten, fast dreifachen Whiskey on the rocks ein. Tiwa war mit dem Spülen bereits sauberen Geschirrs beschäftigt und tat so, als würde sie gar nicht verstehen, worum es eigentlich ging. García holte schwarze Oliven aus dem Kühlschrank hervor, seiner Meinung nach eine Delikatesse direkt vom Mittelmeer. Blackie Malcolm starrte ihn entgeistert an und konnte offenbar gar nicht fassen, dass sein Kollege ausgerechnet in diesem Moment die Oliven anbot. García ließ sich jedoch nicht beirren, schüttete die Früchte auf einen tiefen Teller und steckte kleine Holzspieße in sie hinein. Brown schob sich eine Olive in den Mund und spuckte den Kern auf den Boden. Sánchez trat an den Gefängnisleiter heran und half ihm mit der Bemerkung, in der Küche sei es doch sehr warm, aus dem Sakko.

»Hier, Señor, binden Sie sich diese Schürze um, damit Sie sich nicht schmutzig machen.«

Selene fächelte sich mit ihrer Zeitschrift frische Luft zu. Der Chief riss ihr das Heft aus der Hand, blätterte es durch und brüllte dann aufgebracht, was das doch für ein Drecksblatt sei, ein Magazin für Hirnverbrannte mit Fotos von Suppen und Salaten. Der ganze Auftritt kam mir wie eine große Show vor. Wir schafften es nicht, ihn zu beruhigen. Ich schenkte ihm noch einmal nach, aber er stand auf, riss sich die Schürze vom Leib und schleuderte sie auf den Boden.

»Glaubt nur nicht, dass ihr mich mit eurer Arschkriecherei überzeugt hättet!«

25

DIE HANDLANGER VON GÓMEZ, Fatty und Gorillafresse, folgten mir auf Schritt und Tritt. Sie fuhren mit denselben Bussen, liefen mir auf dem Bürgersteig hinterher und warteten nach Feierabend vor dem Polunsky auf mich. Wir atmeten dieselbe Luft. Einmal grüßte ich sie sogar. Sie sagten: »Hallöchen, schönen Gruß von Richie.« Und wenn ich meine Mission erfüllt hätte, sollte ich ihn in Houston anrufen. Dafür musste ich die vermeintliche Privatnummer des Kartellchefs auswendig lernen, nur um sie nach dem Anruf schnellstmöglich wieder zu vergessen, wie sie mir erklärten.

Täglich gingen Anrufe und Sprachnachrichten mit unterdrückter Nummer bei mir ein, eindringliche Mahnungen, endlich einen Auftrag zu erfüllen, an den mich eigentlich niemand erinnern musste. »Halt dich ran, Junge! Oder machst du jetzt etwa einen Rückzieher? Niemand enttäuscht einen Gómez.«

Kaum sank mein Kopf abends aufs Kissen, tauchten albtraumhafte Bilder vor meinen Augen auf. Ich, tot in meiner eigenen Küche. Polunsky in Flammen. Eine Wand, in der ein Dutzend Santokumesser stecken. Bosco, wie er hundertmal meinen Namen in sein Notizbuch schreibt. Die nackte Selene. Brown und ich, ersoffen in Alkohol.

Ich schloss die Augen, aber beim kleinsten Geräusch riss ich sie wieder auf. Wenn ich es doch schaffte einzuschlafen, erwachte ich schweißgebadet und ausgelaugt. Trottete ich dann in die Küche, um mir ein Glas Wasser zu holen, glaubte ich, Fatty, den Gorilla oder den Geist von Ryan Gómez höchstpersönlich in meiner Wohnung zu sehen.

Die Müdigkeit, die Sorgen, die Angst, ich konnte sie nicht überspielen.

»Was ist los mit dir, John Guadalupe?«, fragte mich García. Ich schaute ihm in die Augen. Sie zeigten Anteilnahme und Interesse. Wahrscheinlich hatte ihm dieser Blick auch dabei geholfen, das Rehabilitationskomitee zu überzeugen. Tiwa brachte mir eine Kräutermischung mit. Sie gab sie in einen Topf mit kochendem Wasser, und ein Geruch nach Wald, Weidegras und Erde breitete sich in der Küche aus. Sie schüttete den Aufguss in eine Tasse.

»Trink das, und die Ruhe des Großen Geistes wird in dich fahren.«

»Hilft mir das Zeug beim Schlafen?«

»Deine Schlaflosigkeit ist wie ein Tornado, der in deinem Geist wütet. Ein Sturm, den die Wörter auslösen, die du nicht auszusprechen vermagst. Oder auch die Handlungen, die du nicht ausführst.«

Nach Feierabend ging ich nach Hause, ohne genau zu wissen, ob mir Fat Freddy und der Gorilla folgten.

Auf dem Tisch lag eine der Broschen von Doña Elvira. Die zweite Warnung.

Es wurde Nacht. Ich schloss die Jalousien, die Wohnung versank im Halbdunkel. Im Zimmer über mir hörte ich Schritte, auch die gedämpften Stimmen der Nachbarn drangen zu mir vor. Ich zog mich aus und ging nackt ins Bett.

26

ICH WEISS NICHT, ob die zum Tode Verurteilten sich am Abend vor der Hinrichtung einen runterholen. Ob sie sich dadurch so fühlen, als seien sie noch am Leben, oder ob das Masturbieren genau das Gegenteil bewirkt und sie einen Schritt näher an ihren Tod heranrücken. Versunken in meinen Ängsten, legte ich Hand an, aber mein Körper reagierte nicht. Meine Eier hatten sich zurückgezogen, waren schrumpelig wie Pfirsichkerne. Die Anspannung in meinem Inneren hatte sich ins Unerträgliche gesteigert. Ich wollte etwas fühlen, ganz egal was. Ich machte weiter, drückte und rieb so energisch, dass es schmerzte. Keine Ahnung, ob die Lust größer war oder kleiner, ob die Erektion länger dauerte oder kürzer, auf alle Fälle war es anders als sonst. Der Laut, der am Ende aus meiner Kehle drang, zerriss die Stille. Ein Wehklagen wie das eines sich im Todeskampf windenden Tieres im Wald.

Schlafen konnte ich immer noch nicht. Ich sollte nun also für Gerechtigkeit sorgen. Was für eine Strafe. Ich lag im Dunkeln und dachte an die Gefangenen: Im Polunsky ist es niemals Nacht, das künstliche Licht strahlt rund um die Uhr von der Decke herab. Schlafentzug gilt als Foltermethode. Jetzt war ich es, der unter ihr litt. Es fühlte sich an, als sei mein Kopf mit einem Nebel gefüllt. Fernsehen, Videospiele, Bücher, nichts konnte mich ablenken. Mein Haar war nass vom Schweiß, meine trockenen Lippen zitterten, das Fieber hatte mich im Griff. *Schmuggle das Santoku rein und schaff eine Ablenkung, um im richtigen Moment das Messer aus der Tasche zu ziehen und ihm die Halsschlagader zu durchtrennen.* Warum konnte die Zeit nicht einfach einen Sprung machen? Fast forward einen Monat, ein Jahr, damit ich es hinter mir hatte. Ich versuchte aufzustehen, machte ein paar Schritte und fiel wieder ins Bett. Meine Kräfte schwanden. Ich schloss die Augen, aber es war so, als hätte ich sie noch geöffnet. Stimmen drangen an mein Ohr. *Schnapp dir die Knarre aus seinem Schreibtisch, spann den Hahn und ziel auf ein lebenswichtiges Organ. Und keine Sorge wegen des Knalls. Drück ihm einfach ein Sitzkissen auf den Bauch, und bäm!* Ich sah schattenähnliche Umrisse neben dem Bett, als stünden dort mehrere Personen und redeten auf mich ein. *Am besten machst du es per Hand. Dreh ihm einfach den Hals um.* Dann tauchte Brown vor meinem geistigen Auge auf, wie er sich über den Schnurrbart strich und nach mehr Whiskey verlangte. Aber er lebte nicht, er war tot. Seine Haut bläulich marmoriert, sein Inneres von Würmern zerfressen, seine Zunge raushängend, seine Augen auf mich gerichtet, aber ohne sehen zu können. *Zwing ihn, einen Abschiedsbrief zu schreiben, in dem er den Missbrauch von Tiwa und die Erpressung von Bosco zugibt.* Brown als reuiger Märtyrer? Das glaubt doch niemand. Es folgte eine Szene auf die andere, aber sie hatten keinerlei Verbindung. Menschen, Tiere und ich mittendrin, manchmal paralysiert, manchmal in Bewegung, als Kind, als Jugendlicher und immer in Eden.

So verbrachte ich die Nacht, wälzte mich in den Laken hin und her, rang mit meinen Gedanken, bis die Sonne aufging. Im Morgengrauen schreckte mich das Telefonklingeln auf. Eine raue Stimme, die klang wie aus dem Jenseits, übermittelte mir eine kryptische Botschaft.

»Übermorgen hast du freie Bahn. Zehn Minuten, um neun Uhr abends. Brown oder du.«

Es war Freitag, ein schwarzer Tag. Beim Rasieren starrte mich ein nackter Kerl an. Keiner von uns sagte ein Wort. Er erkannte mich, tat so, als wäre er ich. Ich wollte etwas sagen, bekam aber nichts raus. Ich hob den rechten Arm, er den linken. Ich schaute zu einer Seite, er drehte den Kopf in die andere Richtung. Ich schnitt Grimassen, er imitierte sie. Wer machte hier eigentlich wen nach? Für ein paar Augenblicke gab es zwei John Guadalupes.

Catherine zog ihren Lippenstift nach, band sich das Haar nach hinten und tauschte die Sandalen gegen High Heels. Als sie aus der Bank kam, folgte ich ihr unbemerkt, versteckte mich hinter Laternenpfeilern, Autos und Passanten. Später wollte ich zu ihr aufschließen, sie ansprechen, aber vorerst schlich ich ihr noch einige Häuserblocks hinterher. Sie ging ins Black Rose. Ich wartete einige Minuten und folgte ihr. Drinnen suchte ich mir in der hintersten Ecke einen Platz, von dem aus ich sie gut beobachten konnte.

Sie saß an einem hohen Tisch, an dem bereits mehrere Männer hockten, alle mit Stetsons auf dem Kopf und Mafiavisagen. Catherine löste ihren Zopf und fuhr sich mit den Fingern durchs Haar. Sie nippte an ihrem Getränk, kramte in ihrer Tasche herum und schien reichlich nervös. Als die Gruppe plötzlich zur Tür schaute, wandte ich meinen Blick ebenfalls zum Eingang. Es war Brown. Er grüßte die anderen und setzte sich zu meiner Überraschung direkt neben meine Gringa. Was hatten die beiden miteinander zu schaffen? Der Chief bestellte sich ein Getränk und erzählte zwischen den Schlucken irgendwas, die anderen hörten ihm gebannt zu. Beim Sprechen bewegte er die Hände, gestikulierte übertrieben und schaufelte sich händeweise Erdnüsse in den Mund, die er gierig zermalmte. Ich nahm einen Schluck von meinem kühlen Bier und konnte sehen, wie Catherine unter dem Tisch die Hand ausstreckte und Chief Brown den Schwanz massierte. Wieder begann sie, in ihrer Tasche zu suchen, und zog schließlich einen Umschlag heraus, den sie einem der Mafiatypen gab. Der Mann verstaute ihn in seiner Hosentasche, tippte sich als Zeichen des Dankes mit zwei Fingern gegen die Spitze seines Stetsons und empfahl sich. Catherine schaute sich um und ging zur Toilette. Brown blieb bei den anderen sitzen. Ich folgte ihr.

Nachdem ich mich vergewissert hatte, dass außer uns niemand in der Toilette war, drehte ich den Schlüssel in der Tür herum. Ich linste unter den Kabinentüren hindurch und entdeckte schließlich ihre Schuhe. Dann kletterte ich auf den Klodeckel der Kabine nebenan. Catherine hatte sich den Rock bis zur Hüfte hochgezogen, ihr Slip hing in Knöchelhöhe. Ich sah ihren gebeugten Rücken, ihren Nacken, ihren blanken Hintern und wartete, dass sie fertig wurde. Ich war erregt, fast wahnsinnig vor Lust.

Als sie rauskam und sich die Kleidung zurechtzupfte, warf ich mich von hinten auf sie.

»Was zum Teufel soll das?«

Ich packte sie, drehte sie vor dem Spiegel um, zog sie an mich. Sie wand sich, wollte etwas sagen, aber ich drückte ihr die Hand auf den Mund.

»Psst …«

Ich nahm sie unter den Achseln und hob sie auf das

Waschbecken, wobei ihre Schuhe auf den Boden fielen. Sie schlang ihre Beine um meine Hüften. Dann schob ich ihren Slip zur Seite und drang mit Schwung in sie ein. Ich glaube, es tat ihr weh.

Als ich die Damentoilette verließ, war Brown nicht mehr da. Stattdessen saßen Fatty und Gorilla am Tisch.

Vor nicht allzu langer Zeit las ich im *Reader's Digest* die Geschichte der von einem Erschießungskommando hingerichteten Mata Hari. Die Frau war Doppelagentin, außerdem Bauchtänzerin und Schauspielerin und konnte dank ihrer umwerfenden Schönheit und ihres Wesens nahezu jede Zielperson um den Finger wickeln und zum Ausplaudern von Geheiminformationen bringen. Bei ihrer Festnahme soll sie nackt auf ihre Häscher zugegangen sein und Bonbons verteilt haben, um die Herren mit ihrem Anblick und dem Geschmack zu verführen. Es gelang ihr jedoch nicht. Hätte sie statt Süßem Thiopental verteilt, wäre sie ihrer Exekution sicherlich entgangen. Zumal es heißt, inoffiziell zumindest, dass das Schlafmittel beachtliche Erektionen produziere.

Als Opfer eines Mordes wird man erschossen, erstochen, aufgeschlitzt, erdrosselt oder von einem Auto überrollt. Chief Brown durch eine solche Gewalttat zu erledigen, ganz gleich ob in oder außerhalb von Polunsky, war praktisch unmöglich.

Es ginge auch mit zwanzig Bittermandeln, denn nach deren Verzehr tritt für gewöhnlich eine tödlich endende Atemnot ein. Die Mandeln schmecken allerdings derart widerlich, dass sie Brown selbst in einem Schokoladenkuchen aufgefallen wären. Ein Schmorbraten mit Giftpilzen vielleicht? Tollkirschen, Alraunen, Lobelien?

Meine Oma hatte mir mal von Kräutern erzählt, die man in ihrem Dorf benutzte, um unliebsame Gemeindemitglieder ruhigzustellen und hin und wieder auch zu ermorden. Ihren Schilderungen zufolge gab es eine allerdings nur schwer zu findende Pflanze, die man zu diesem Zweck eine Stunde lang in Wasser kochen musste. Die so produzierte Flüssigkeit war von öliger Konsistenz und führte bei Verzehr zu Lungenversagen und Erstickungstod.

Ich musste bei diesem Thema an Großvater Juan und sein frühzeitiges Ableben denken. Eine Nacht vor der Tragödie, am Día de los Muertos, hatten er und meine Oma zusammen Chicharrón in grüner Salsa mit Tinga und Mole gegessen. Beim Zubettgehen klagte der Alte über Verdauungsprobleme und war am nächsten Morgen, als Oma das Frühstück zubereitete, nicht aufgestanden. Sie fand ihren Juan auf dem Rücken liegend im Bett, die Augen weit geöffnet, der Körper aufgequollen wie der einer Kröte. Armer Opa.

Ich recherchierte im Internet (und löschte den Verlauf natürlich sofort) …

Albuterol wird gegen Asthma und Bronchitis eingesetzt und ist als Sirup und Spray sowie in Tablettenform erhältlich. Bei Mischung mit Alkohol kann das Medikament Herzrhythmusstörungen hervorrufen und zum plötzlichen Tod führen.

Thiopental, einer der Inhaltsstoffe der Giftspritze, führt dazu, dass die betreffende Person einschläft und das Bewusstsein verliert. Es ist nicht nur als Narkotikum, sondern auch als Wahrheitsserum bekannt. Früher mischten es Agenten oft heimlich in das Getränk ihrer Zielpersonen, um ihnen vertrauliche Informationen zu entlocken.

Imipramin ist ein Antidepressivum in Tablettenform. Bei einer Überdosierung verliert der Patient erst das Bewusstsein und erleidet dann Fieberkrämpfe, die bis zum Koma und später auch zum Tod führen können.

Invirase kann eine potenziell tödliche Herzrhythmusstörung auslösen.

Doch keines dieser Mittel kam infrage. Ich brauchte eine Substanz, die einfach, und ohne Verdacht zu erregen, beschaffbar war und zudem schon in geringen Dosen wirkte. Farb- und geschmacklos, schwer nachweisbar.

27

ANGESICHTS MEINER VIELEN Probleme erschienen mir die Streiche bei der Zubereitung der Gefangenenmahlzeiten jetzt wie Kindereien, alberne Scherze, die mich amüsierten und diejenigen bestraften, die es meiner Meinung nach verdient hatten. Manchmal sparte ich am Salz, manchmal versalzte ich das Essen. Manchmal kochte ich das Hühnchen nur bis zur Hälfte, manchmal nahm ich die Pasta halb durch aus dem Topf. Ich teilte kalte Suppe aus, die Reste des Vortages, halb vergammeltes Obst und Gemüse, nach nichts schmeckende Sojaprodukte.

Ich kippte meine Angst, meine Wut und meine Sorgen ins Essen. In der Folge verwandelten sich die Mahlzeiten, von mir unbeabsichtigt, in eine zusätzliche Bestrafung für die Insassen. Manchmal benutzte ich die Reste vom Vortag und bemühte mich noch nicht einmal, ein neues Gericht daraus zu machen. Manchmal gab ich einfaches Leitungswasser aus. Manchmal pürierte ich obskure Mischungen aus Hülsenfrüchten, Kartoffeln, Eiern, Gemüse und Butter, schob die Masse in den Ofen und produzierte so essbare Ziegelsteine, die eigentlich ganz passabel schmeckten (ich habe sie selbst probiert), von denen ich aber nicht wusste, ob sie auch nur ansatzweise die Vorgaben in Sachen Nährstoffzufuhr erfüllten.

Ich beobachtete meine potenzielles Opfer auf Schritt und Tritt. Im Polunsky waren die Wege und Bewegungen des Chiefs relativ vorhersehbar. Er ging von einem Büro zum nächsten und besuchte hin und wieder einen der Insassen. Er verbrachte viel Zeit hinter seinem Schreibtisch, kam früh und ging spät. Kaum hatte er das Gelände verlassen, zündete er sich eine Zigarre an, stieg in seinen schwarzen Wagen und fuhr davon, wobei er stets darauf achtete, die in der Nähe der Haftanstalt patrouillierenden Polizeistreifen zu meiden.

Eines Tages sah ich ihn im Einkaufszentrum von Huntsville. Er lief durch die Gänge, schaute hier, schaute dort. Dann ging er in einen Friseurladen. Er ließ sich die Haare färben, den Schnurrbart stutzen und die Fingernägel feilen. Während die Angestellten sein Äußeres auf Vordermann brachten, las Brown in einer Zeitschrift, auf deren Cover ein Sexsymbol à la Rihanna abgebildet war: eine dunkelhäutige Schönheit in Unterhöschen, die Mühe hatte, ihre Melonen mit den Händen zu bedecken.

Nach einer Weile schlüpfte der Chief ins Hinterzimmer der Manikeurin. Deren Assistentin, eine platinblonde Lady mit ultrakurzen Hotpants unter dem von Haarfarbe befleckten Kittel, folgte ihm. Fünf Minuten später tauchte er wieder auf. Chief Brown war von der schnellen Sorte. Ein andermal folgte ich ihm ins Kino. Kaum hatte der Film begonnen, schlief er ein. Da ich mich langweilte, ging auch ich noch vor dem Ende des Streifens.

Meine Observationen außerhalb der Haftanstalt waren sinnlos, denn die Tat musste im Polunsky selbst stattfinden. So lautete zumindest der Befehl von Fatty und Gorilla. Draußen wäre die Polizei stärker in die Aufklärung des Verbrechens involviert, und wie es schien, gab es in West

Livingston, diesem Dorf, keine Geheimnisse, alles kam irgendwann heraus. Dabei war das Polunsky selbst eine Stadt in Miniaturgröße, ein Käfig, vollgestopft mit den unterschiedlichsten Geschichten, die aber doch immer wieder auf das Gleiche hinausliefen: Gefangenschaft, Jahre des Wartens, Tod.

Der Chief rief mich an und bestellte Spiegelei auf Tortilla, ein Gericht, das er erst durch mich kennen- und lieben gelernt hatte.

»Was ist los, Koch? Hat man dir nicht beigebracht, vor dem Eintreten zu klopfen? Was bringst du mir da?«

»Ihren Snack, Jefe.«

Vorsichtig stellte ich die Teller auf dem Tisch ab. Die Augen von Brown waren blutunterlaufen.

»Du bist spät dran. Eigentlich sollst du mir etwas zu essen bringen, bevor mein Magen zu knurren beginnt. Das ist deine vorrangige Aufgabe hier. Vergiss das nicht«, sagte er mit belegter Stimme.

»Wer sich großer Streiche rühmt, ist selten ein guter Fechter«, murmelte ich.

»Was hast du gesagt?«

»Ach nichts. Dass ich hoffe, Ihnen schmeckt der Imbiss, Chief. Es ist angerichtet.«

Die Stunden waren gezählt. Jetzt galt es. Der Moment zur Hinrichtung des Henkers rückte näher. Aber wann genau? Und wie?

28

ALS ICH BEI CATHERINES Apartment ankam, war die Sonne schon fast untergegangen. Ich klingelte und meldete mich über die Gegensprechanlage als Batman. Der Summer ertönte, und ich stieg in den Aufzug. Die Tür zu ihrem Apartment stand einen Spalt weit offen. Cathy empfing mich mit nassem Haar, den Körper in ein Handtuch eingewickelt. Es war das erste Mal, dass ich sie in ihrer Wohnung besuchte.

Sie ging ins Schlafzimmer, ich folgte ihr. Mit einer Handbewegung bat sie mich, den Föhn in Gang zu setzen. Ich nahm das Gerät und fuhr mit dem warmen Luftstrahl durch ihre Löwenmähne, ab und an auch über ihren noch handtuchbedeckten Körper. Sie legte sich aufs Bett und fischte aus einem Kästchen auf dem Nachttisch diverse Utensilien für die Nagelpflege: eine Schere, eine Feile und zwei Fläschchen, eins mit Nagelöl, eins mit tollkirschschwarzem Lack.

»Weißt du, wie man Nägel lackiert?«

Ich hatte erst ein Mal fremde Fingernägel bepinselt, die von Doña Elvira. Damals wollte sie zum Geburtstag einer Nachbarin und war spät dran gewesen. Sie hatte dicke Finger und kurze Nägel, hervorragend geeignet, um mir die Ohren lang zu ziehen.

Catherine streckte die Beine aus und sagte, ich solle mit

den Füßen beginnen. Ihre Zehennägel sahen aus wie winzige Knetkügelchen, perfekt geformt und geschmeidig. Ich spielte mit ihnen, streichelte sie mit rhythmischen Kreisbewegungen. Ich liebkoste alle Bereiche ihres Fußes: Spann, Ferse, Knöchel, Sohle. Dann nahm ich erst ihren linken, dann ihren rechten Fuß, legte sie mir in den Schoß und begann mit dem Lackieren.

Irgendwo hatte ich gesehen, dass man kleine Kügelchen aus Toilettenpapier zwischen die Zehen steckte, und so machte ich es auch. Die Zehennägel von Catherine waren vollkommen. Ich begann mit dem großen Zeh, der allerdings auch eher klein war und einen halbmondförmig gefeilten Nagel hatte. Mit dem Pinsel trug ich eine Lackschicht auf. Ohne es zu wollen, fuhr ich dabei auch über die an den Nagel angrenzende Haut. Ein Patzer, von dem ich nicht wusste, wie ihn korrigieren. Unbeirrt machte ich weiter, lackierte einen Nagel nach dem anderen, bis ich fertig war. Dann pustete ich die Zehen trocken, was Cathy schaudern ließ. Anschließend ging es an den anderen Fuß. Obwohl ich mich ins Zeug legte, war das Ergebnis ähnlich fatal. Dennoch genoss ich die Pinselei. Es war, als würde ich jemanden liebkosen, ohne ihn zu berühren. Auch Cathy schien es zu gefallen, denn sie hatte die Lider geschlossen und gab von Zeit zu Zeit einen genussvollen Seufzer von sich. Dann hob ich einen ihrer Füße an und führte ihn an meine Nase, strich mit der Hand über ihre Wade, ihre Oberschenkel, ihren Schritt.

»Warte. Mach bitte mit meinen Fingernägeln weiter.«

Sie setzte sich auf und lehnte sich mit dem Rücken gegen das Kopfende des Bettes. Dann zog sie ihre Beine hoch und schaute sich ihre Zehen an. Die schlechteste Pediküre, die sie je erhalten habe, versicherte sie mir und kramte aus dem Kästchen neben ihrem Bett etwas Watte und Nagellackentferner hervor. Als sie das Chaos beseitigt hatte, stand sie auf, um sich anzuziehen. Sie bat mich zu gehen. Sie habe noch eine Verabredung und deshalb keine Zeit für mich. Sie werde mich ein andermal belohnen, versprach sie und ließ mich mit einem Ständer in der Hose stehen. Dabei hätte mir ein wenig Entspannung weiß Gott gutgetan, um meinen Auftrag zu vergessen.

Anstatt zu gehen, blieb ich noch kurz, während Cathy im Bad beschäftigt war, und nahm das Kästchen neben dem Bett unter die Lupe. Mir fiel ein farbloser Nagellack ins Auge, den ich sogleich einsteckte. Zurück in meiner Wohnung, schaute ich mir meine Füße an. Mein Gott, was waren die hässlich, zumindest im Vergleich mit den geschmeidigen Läufen von Cathy. Meine Fußsohlen schienen von Sandpapier bedeckt, meine Zehen dick wie Würstchen und meine Nägel so vergilbt wie die Finger eines Kettenrauchers. Wie ich recherchiert hatte, handelt es sich bei Nagellacken und ähnlichen Kosmetikprodukten um wahre Gifttinkturen, kurz: Produkte mit Sondermüllstatus. Sie enthalten Dibutylphthalat, Toluol und Formaldehyd – von Fachleuten auch »das toxische Trio« genannt.

Ich lackierte mir die Nägel in mehreren Schichten, sowohl die an den Füßen als auch die an den Fingern.

Was wohl Correcaminos beim Anblick meiner glänzenden Fingernägel gesagt hätte? »Scheißschwuchtel!«, wahrscheinlich.

29

IN DER ENTSCHEIDENDEN NACHT hatte Tiwa mit mir Bereitschaftsdienst. Ich wusste, sie würde pünktlich kommen, möglicherweise direkt aus dem Büro von Chief Brown. Also zog ich mich rasch um und ging direkt an meinen Arbeitsplatz.

Als Erstes setzte ich Wasser auf. Dann nahm ich ein kleines Messer, eins von denen mit mickriger Schneide, griff mir eine Tasse und ging mit diesen Utensilien zur Toilette. Dort zog ich meine Schuhe aus, streifte die blauen Strümpfe ab (der linke hatte am Hacken bereits ein Loch) und begann, mir mit dem Messer den Lack von den Nägeln zu schaben, erst an den Fingern, danach an den Füßen. Zarte Flocken fielen in das Gefäß. Ich machte so lange weiter, bis meine Nägel matt und farblos waren. Sie wurden dünner und dünner, aber ich war fest entschlossen, den Lack bis auf den letzten Rest abzukratzen. Zum Schluss schmerzte es ziemlich, und ich schnitt mir einige Male in die Haut. Nach einer Weile hatte ich die notwendige Menge Nagellack abgeschabt.

In aller Eile zog ich meine Strümpfe wieder an, schlüpfte in die Schuhe und hastete mit offenen Schnürsenkeln in die Küche zurück. Dort schüttete ich die abgetragenen Nagellackreste zusammen mit dem kochenden Wasser in einen Soßentopf und gab etwa fünfzig Milliliter neunzigprozentigen Alkohol aus dem Erste-Hilfe-Kasten dazu. Ich kochte die Mixtur auf und drehte anschließend die Herdplatte herunter, damit sich die Chemikalien – das Dibutylphthalat, das Toluol und das Formaldehyd, diese Zungenbrecher hatte ich mir fest eingeprägt – lösen konnten. Danach drückte ich den Deckel auf den Topf und wartete zehn Minuten lang, bis sich die Mischung in eine ölige Substanz verwandelt hatte.

Alle Dinge sind Gift, und nichts ist ohne Gift. Allein die Dosis macht, dass ein Ding kein Gift ist. So hatten es uns die Ausbilder in der Kochschule beigebracht. Dann nahm ich den Soßentopf mit der farblosen Flüssigkeit vom Herd und stellte ihn in den Kühlschrank.

Längere Zeit schon hatte ich ohne Lust und Begeisterung gekocht. Jetzt merkte ich, wie mich die Leidenschaft überkam. Ich briet das Fleisch mit der exakten Menge Öl, hackte die Zwiebel in perfekte Würfel, schnitt die Tomaten in hauchdünne Scheiben. Auch die Pommes gelangen mir tadellos, außen knackig, innen saftig.

Ich schüttete die Flüssigkeit in eines der beiden mit Eiswürfeln gefüllten Gläser und stellte sie zusammen mit einer Whiskeyflasche auf das Tablett mit dem Abendessen für Chief Brown. Dann wusch ich sorgfältig den Soßentopf ab und schob ihn zusammen mit den restlichen Kochutensilien in den Geschirrspüler.

Als die Stunde nahte, machte ich mich mit dem Servierwagen auf den Weg. Auf dem Flur pfiff ich die verdammte Melodie aus der Warteschleife, die sich in mein Gehirn gefressen hatte. *Dede-dede, dede, dede …*

Die Tür seines Büros war geschlossen. Ich klopfte und trat ein.

»Na, kommt jetzt endlich meine Bestellung?«

Ja, deine Eier mit Knoblauchdressing, beschissener Gringo, und dazu noch eine ganz besondere Delikatesse, hätte ich am liebsten geantwortet, aber ich sagte nichts. Ich servierte ihm das Essen auf dem Schreibtisch und schenkte ihm einen Whiskey ein. Brown biss in den Burger, kaute und stieß einen widerlichen Rülpser aus. Er war bereits einigermaßen angesäuselt und begann zu schwadronieren, von seinen Heldentaten im Kampf gegen das Verbrechen, seinen Triumphen bei den Frauen.

Er quatschte wie ein Wasserfall. Ich blieb stumm und konnte nur noch daran denken, was gleich geschehen würde.

»Ich bin mir sicher, dass auch der liebe Herrgott oben im Himmel Sie dafür belohnen wird, Chief«, brachte ich gerade so hervor.

Mit offenem Mund kauend, verschlang er seinen Burger und leckte sich von Zeit zu Zeit die mit Ketchup beschmierten Finger ab. Ich füllte ihm einen Whiskey in das erste Glas. Er leerte es in einem Zug. Dann schenkte ich ihm nach und wartete, dass er mich um einen dritten Drink bitten würde. Als der Moment gekommen war, füllte ich das andere Glas, das neben ein paar Eiswürfeln auch meine Geheimrezeptur enthielt, mit Whiskey auf und reicht es ihm. Anschließend sandte ich ein Stoßgebet zum Himmel, dass er die Änderung im Geschmack nicht bemerken würde.

Als ich sah, wie er auch diesen Drink in sich hineinschüttete, bekam ich nicht übel Lust, mit ihm zu trinken, auf uns beide anzustoßen, auf mein Leben und auf seinen Tod, auf seinen Feind Ryan Gómez. Ich bekam Lust, ihm ins Gesicht zu sagen: *Salud, mein Freund, und wohl bekomm's! Wir sehen uns irgendwann in der Hölle wieder. Und Glückwunsch noch mal, du Mistkerl, du hast eben dein Ticket ins Jenseits gelöst.* Ich hätte auch gern dabei zugesehen, wie er Blut hustend über den Boden kriecht und mich anfleht, ihm zu helfen. Aber daraus wurde nichts. In diesem Moment fielen alle Ängste und Zweifel von mir ab, und ich fühlte mich wie der Vollstrecker einer diabolischen Strafe.

Er ging pinkeln und kam wieder zurück.

Ich stand wenige Meter vor ihm und beobachtete, wie er in einen Zustand alkoholbedingter Umnachtung abrutschte. Der Anblick schockierte mich, in mir kamen Zweifel auf, ob mein Nagellackgift überhaupt funktionierte. Dabei wusste ich genau, dass das toxische Trio, in der richtigen Dosis verabreicht, einen Atemstillstand und andere Kollateralschäden verursachen konnte. Und ich wusste auch, dass diese Chemikalien, sofern sie mit Alkohol gemischt und über das Verdauungssystem aufgenommen wurden, nur sehr schwer nachzuweisen waren. *Auf dein Wohl, Chief Brown!*

Wenig später lehnte er sich nach hinten, grunzte ein-, zweimal und fing an zu schnarchen. Er war weggetreten, mit offenem Mund, versunken in seinem Delirium.

Ich stellte die Teller und das vergiftete Glas auf den Servierwagen. Das andere Glas schob ich neben seine Hand. Dann verließ ich das Büro.

Auf dem Flur begegnete ich Baier, die nur flüchtig grüßte. Ich überspielte meine Nervosität, mit Erfolg, wie ich mir einbildete. Es stimmt nämlich nicht, dass Psychologen durch dich hindurchschauen können wie durch ein Glas Wasser.

Etwas später ging Pastor Goodwing an mir vorbei, unterm Arm die Heilige Schrift. Er sagte, es sei Zeit für ihn, sich zurückzuziehen.

Ich ging weiter. Auf den Fluren war alles still, nicht einmal das Radio der Wachleute war zu hören. Ich hatte das Gefühl, ein Schatten würde mir folgen, so dicht hinter mir gehen, dass er mir fast in die Hacken trat. Vielleicht war es ja die auf Rache sinnende Seele von Chief Brown, die mich nun verfolgte, um mich in den Abgrund zu stoßen.

Tiwa war schon in der Küche. Ich grüßte sie und fragte, ob sie Lust auf einen Kaffee habe. Anschließend stellte ich Teller, Gläser und Besteck vom Serviertablett in den Geschirrspüler, und zwar direkt neben den Soßentopf, der schon einmal gewaschen und wieder getrocknet war, und schaltete das Gerät ein.

»Irgendwie sah es gerade so aus, als wäre da jemand mit dir in die Küche gekommen«, sagte Tiwa und schaute durch die Tür, die ich offen gelassen hatte, auf den dunklen Flur hinaus.

30

EIN JEDER VON UNS HAT LEICHEN im Keller und etwas zu beichten. Die Dinge, die wir denken oder machen, wenn wir nachts wach liegen. Die wir essen, wenn wir uns allein glauben. Die wir uns vorstellen, anderen anzutun. Die wir uns wünschen und erträumen. Die wir verschweigen oder verheimlichen. So oder so ähnlich würde es wahrscheinlich die Baier ausdrücken (und dabei an die geheimen Spielzeuge in ihrem Nachttisch denken). Wir bewahren unsere Geheimnisse und gewöhnen uns daran, mit ihnen zu leben – in Koexistenz mit diesen Parasiten und Egeln, die uns nach und nach das Blut aus dem Körper saugen. Padre Alonso sagte immer, der liebe Herrgott vergebe nicht nur die Sünden, sondern vergesse sie auch. Das stimmt aber nicht ganz. Denn er sagte auch, dass die Sünder für alle Ewigkeit in den Flammen der Hölle schmoren würden.

Die Nachricht verbreitete sich rasch. Die Belegschaft des Polunsky wurde zusammengerufen, um mit den Untersuchungen zum Tod von Chief Brown zu beginnen. Man sagte uns, wir müssten vorerst im Gefängnis bleiben und würden nach Eintreffen der externen Ermittler befragt werden.

Ein Gefängnis im Gefängnis. Ich, gefangen mit meiner Schuld.

Kurz darauf kamen die schwarz gekleideten Männer in die Küche und ermahnten uns, dass es vorerst verboten sei, die Haftanstalt zu verlassen.

»Tiwa Topowanga, kommen Sie bitte mit uns.«

Sie war als Erste dran. Als sie in die Küche zurückkehrte, wirkte sie angespannt und murmelte eine Art Gebet, während sie mit den Fingern über die um ihren Hals hängende Rabenfeder strich. Vielleicht hatte sie ja die Erpressung durch Brown zur Sprache gebracht. Zweifelsohne ein mehr als gutes Motiv, um ihn ins Jenseits zu befördern.

Ich wusste, dass die Ermittler die Befragten in derartigen Verhören hinters Licht führen, sie austricksen, um die Wahrheit zu finden oder sie in Widersprüche zu verwickeln. Sie achten genau darauf, wie du dich bewegst, ob du die Beine kreuzt (Ausflüchte), dir auf die Lippen beißt (Unsicherheit), deine Nase berührst (Lüge), dir das Auge reibst (Vermeidung von Blickkontakt), deine Arme verschränkst (Wut) – allesamt Gesten, die ich im entscheidenden Moment sicher nicht unterdrücken oder kontrollieren könnte. Verräterische Zeichen, so nennen es die Fachleute.

Dann war ich dran. Wie ein Gefangener wurde ich zum Ort des Verhörs geführt, einem Warteraum im hinteren Teil des Verwaltungsgebäudes.

Vor mir stand ein Tisch mit Zeitschriften. Ich tat so, als würde ich das ausliegende *Scientific Criminal Review* durchblättern, musste das Journal aber schnell wieder zurücklegen, da mir die Hände zitterten. Ich schaute durch ein kleines Fenster nach draußen. Der Maulbeerfeigenbaum hatte schon einige Blätter verloren und kündigte den nahenden Winter an.

Ich versuchte, meine Atmung in den Griff zu bekommen, da ich das Gefühl hatte, sie könnte mich verraten.

Ein Ermittler führte mich in ein kaltes und karg eingerichtetes Zimmer mit zwei Stühlen und einem Tisch.

»John Guadalupe Ontuno, der Koch …«, begann er das Gespräch. »Auf dem Weg habe ich die Chicken Wings in einem Imbiss ganz in der Nähe probiert. Die waren wirklich unglaublich.«

Sein Ansatz war sehr offensichtlich: Er versuchte, Vertrauen aufzubauen und nicht sofort auf das zentrale Thema zu sprechen zu kommen. Um mir einen kleinen Vorteil zu verschaffen, sagte ich ihm, mein Englisch sei nicht besonders gut, und ich spräche lieber Spanisch mit ihm. Ich achtete darauf, stets Blickkontakt zu halten, aber der Mann blinzelte ununterbrochen, was mich einigermaßen nervös machte. Es dauerte nicht lange, und ich merkte, dass auch ich blinzelte.

»Dann waren Sie also eine der letzten Personen, die den Gefängnisdirektor lebend gesehen haben. Können Sie mir die Situation kurz schildern?«

Ich versuchte, ihm so natürlich und detailliert wie möglich den Anruf von Chief Brown zu beschreiben; die zwei Minuten, die er mich in der Leitung warten ließ, und seine Bestellung für das Abendessen. Dann schilderte ich, wie ich ihm die Mahlzeit servierte und mich anschließend in die Küche zurückzog, wie ich dort auf den zweiten Anruf des Chefs wartete, um ihm den obligatorischen Cranberrysaft nach dem Essen zu bringen und das Geschirr abzuräumen. Keine Ahnung, wie ich auf den Saft kam, aber ich wollte unbedingt das Whiskeythema vermeiden.

»Haben Sie dabei irgendetwas Außergewöhnliches bemerkt? Hat Chief Brown vielleicht gehustet oder gesundheitliche Beschwerden geäußert?«

»Nein, nichts dergleichen. Der Chief war ein gesundheitlich sehr robuster Mann, immer heiter und aufmerksam. Er lobte meine Gerichte und sagte des Öfteren, dass nur ich ihm das Essen zubereiten solle. Es hat nicht lang gedauert, seinen Geschmack zu treffen …«

Mein Gegenüber machte sich Notizen und musterte mich misstrauisch.

Jeder ist schuldig, bis das Gegenteil bewiesen ist. Die Ermittler würden meine Fingerabdrücke auf Geschirr und Besteck finden, was allerdings keinen Grund darstellte, mich zu verdächtigen. Die Überwachungskameras hatten mich sicherlich beim Betreten und Verlassen des Büros aufgenommen, aber gut, irgendeiner musste dem Chief ja das Essen bringen. Wie lange ich drin gewesen sei? Schwer zu sagen, ein Jahrhundert vielleicht oder auch nur fünfzehn Minuten.

»Und während Sie im Büro von Chief Brown waren, ist Ihnen da irgendetwas aufgefallen, irgendetwas Ungewöhnliches?«

»Nicht dass ich wüsste. Bis auf den Husten von Mr. Bosco im Büro nebenan war alles wie immer.«

»Und als Sie wieder herausgekommen sind, haben Sie da jemanden getroffen?«

»Ja, Frau Dr. Baier. Später ist mir noch Pastor Goodwing begegnet und natürlich die Wachmänner.«

»Okay, John.«

»John Guadalupe, bitte.«

»Wie Sie wünschen, Mr. Superlatino. Ab mit Ihnen in die Küche. Wir rufen Sie später noch einmal … Ach ja, großes Kompliment für diese fiesen Fingernägel. Falls Sie eine Manikeurin haben, gehört sie hinter Gitter.«

Wieder ging ich durch die weitläufigen Flure der Haftanstalt zurück zur Küche, ein Labyrinth, das ich mittlerweile so gut kannte wie meine Westentasche. In jeder Ecke hing eine Überwachungskamera, an jeder Tür standen Wachmänner, die in ihren Acht-Stunden-Schichten nur für kurze Toilettengänge oder Essenspausen abgelöst wurden. Vom letzten Kontrollpunkt aus waren es noch zwanzig Schritte bis zu meinem Arbeitsplatz. Eins, zwei, drei, vier ... Wie es aussah, hatte man die Rechnung ohne den Koch gemacht.

Die Stunden vergingen, der neue Tag brach an. In der Küche wurde wild spekuliert.

»Dem ist ein Bissen im Halse stecken geblieben. Kein Wunder, so gierig, wie der Suffkopp alles runterschlang«, sagte Sánchez.

»Ist doch vollkommen egal. Am Ende werden sie es eh einem von uns anhängen, einem ganz unten in der Nahrungskette«, brummte García.

Blackie Malcolm hielt wieder eine seiner kleinen Predigten: Das Licht der Gerechtigkeit scheine immer auf die Unschuldigen. Früher oder später würde der Schuldige schon aus den Schatten hervortreten und nach seiner Entdeckung wieder in selbigen versinken.

»Man sollte sich davor hüten, andere vorschnell zu verurteilen. Das ist dem lieben Herrgott und dem Jüngsten Gericht vorbehalten, das bald, sehr bald schon über uns kommen wird«, warnte Pastor Jeremiah Goodwing, als er in die Küche kam. Hinter ihm trat einer der schwarz gekleideten Männer ein, der sich ohne Umschweife daranmachte, unseren Arbeitsplatz zu inspizieren. Er durchsuchte jeden Winkel, kontrollierte jede Ecke, sogar das Innere des Kühlschranks.

Tiwa war schweigsam wie immer, schien aber noch konsequenter als sonst den Blicken der anderen auszuweichen. Ahnte sie etwas? Ich bildete mir ein, dass sie dankbar wirkte. Ein anonymer Rächer hatte ihr einen Gefallen getan.

31

EINE LEICHE SCHREIT und kreischt nicht. Sie bittet nicht darum, dass doch endlich jemand kommen möge, um sie zu finden. Genauso war es auch bei Chief Brown gewesen, der mit weit geöffneten Beinen und kalt wie eine Kröte in seinem Schreibtischsessel hing und nicht mal mehr pieps sagen konnte, als Bosco wegen einer Unterschrift in sein Büro kam. Sánchez, der stets gut informiert war, erzählte uns, Bosco habe noch an der Schulter des Chiefs gerüttelt, weil er glaubte, Brown sei wie so oft einfach eingeschlafen. Erst als er merkte, dass der Gefängnisdirektor nicht reagierte, rief er Wachzentrale und Krankenstation an. Bosco gab zu Protokoll, er habe an diesem Abend länger gearbeitet, um Liegengebliebenes zu erledigen. Auch sein Chef habe das oft getan.

»Nach allem, was ich weiß, hat der nie bis nach Mitternacht gearbeitet«, wandte Tiwa ein und brachte damit ein weiteres Element der Verwirrung ins Spiel.

»Was hattest du um diese Uhrzeit eigentlich noch hier zu suchen?«, fragte mich Blackie Malcolm, als würde er etwas ahnen.

»John Guadalupe und ich hatten Bereitschaft«, antwortete meine indigene Kollegin.

Ich war hier, um Brown in die Hölle zu schicken, hätte ich ihnen am liebsten entgegengeschleudert. Aber das hätte ich mir selbst nicht geglaubt. Mörder morden, Köche kochen.

Die zweite Person, die den Toten gesehen hatte, war die Baier. Den Ermittlern erklärte sie, dass sie oft um diese Zeit noch im Büro sei, da sie sich in den Nachtstunden am besten auf die Arbeit mit den Akten der Straftäter konzentrieren könne. Irgendwann, sie erinnere sich nicht mehr genau an die Uhrzeit, sei sie aufgestanden und habe an der Bürotür von Brown geklopft, um seine Meinung zur nächsten Hinrichtung zu erfahren. Der Gefängnisdirektor habe aber nicht geantwortet – möglicherweise sei er gerade beschäftigt gewesen oder eingeschlafen –, und so habe Baier entschieden, es später noch einmal zu versuchen. Aber daraus sei nichts geworden, denn plötzlich habe sich Bosco gemeldet und ihr berichtet, was er gesehen habe. Beide seien dann gemeinsam zum Büro von Chief Brown gegangen. Kurz nach ihnen trafen die Wachleute, später dann der Gutachter, der Forensiker, der Tatortfotograf und der Staatsanwalt ein. Letzterer hielt Uhrzeit, Datum, Fundort und Position des Leichnams in der Akte fest.

Sánchez wusste wirklich alles: Brown habe in seinem Schreibtischsessel gelegen, auf dem Tisch vor ihm noch die Whiskeyflasche, ein leeres Glas und das nicht aufgegessene Abendessen. Die Ermittler hätten Dutzende Fotos gemacht und Beweismittel eingesammelt, die möglicherweise mit dem Tod des Gefängnisdirektors in Zusammenhang standen. Auch Fingerabdrücke an Türklinke, Möbeln, Glas und Teller gehörten dazu. Sogar das Material unter den Fingernägeln der Leiche hätten sie sichergestellt, ebenso ein Stück von seinem Hemd und einen Abstrich der Mundschleimhaut.

All diese Dinge seien in kleinen Becherchen oder transparenten Beweismitteltütchen gelandet.

Die Autopsie-Ergebnisse würden achtundvierzig Stunden auf sich warten lassen. Bis dahin lautete die offizielle Todesursache Herz-Kreislauf-Stillstand. Es gingen Gerüchte um, Chief Brown habe wenige Stunden vor seinem Tod noch Oralsex genossen. Spermaspuren wurden gefunden, Speichelreste jedoch nicht.

In meiner Wohnung angekommen, machte ich mir erst mal ein Bier auf und schaltete den Fernseher ein, um mich ein wenig zu entspannen. Auf dem Bildschirm: das Gesicht von Tim Keller.

»Wahrscheinlich war es eine Kombination aus Stress, Alkoholismus, hohem Cholesterin und schlechten Lebensgewohnheiten ...« Ein Foto des Verstorbenen mit verquollenen Gesichtszügen wurde eingeblendet. »Das wirft natürlich die Frage auf, was für Menschen eigentlich in den Chefsesseln unserer Haftanstalten sitzen. Niemand weiß, was im Polunsky passiert ist, und wahrscheinlich wird es auch nie herauskommen.« Keller holte Luft. »Was uns jedoch wirklich Sorge bereiten sollte, ist der Mangel an Ethik und Moral eines Mannes, der eines der bedeutendsten Hochsicherheitsgefängnisse der Vereinigten Staaten leitete.« Es folgten Aufnahmen von der Haftanstalt, die zur Steigerung der Dramatik mit gregorianischen Chorälen unterlegt waren.

Was da lief, war ein *Saturday Night Special Report* auf WCB. Als Nächstes wurde ein Interview gezeigt, in dem Keller die Anwältin Hillary Lawson befragte. Nach der Hinrichtung von Goméz war sie zur Sprecherin der Gruppe *Stop The Killing* aufgestiegen.

»Die Ermittlungsergebnisse sind mehr als fragwürdig«, sagte Lawson. »Die Vereinigten Staaten verstoßen in Bezug auf die Todesstrafe immer wieder gegen internationale Abkommen, und die Verantwortlichen im Polunsky-Gefängnis missachten wissentlich die hierzulande geltenden Standards für den Strafvollzug im Todestrakt.«

Keller setzte noch einen drauf: »Der Tod von Chief Brown könnte nun ein Ausgangspunkt für Ermittlungen gegen die in der Polunsky Unit grassierende Korruption sein. Schalten Sie am kommenden Samstag wieder ein, wenn wir Ihnen den zweiten Teil unserer Sonderreportage zeigen.«

Ich knipste die Kiste aus und freute mich in der plötzlichen Stille über den guten Stern, der über meinem Weg zu wachen schien. Es war Anfängerglück: Bosco, Baier und Tiwa waren in jener Nacht ebenfalls im Gefängnis gewesen und konnten nun ebenso als verdächtig gelten, sehr viel verdächtiger zumindest als ich, ein einfacher Koch. Die Sache mit dem Nagellack war jedoch ein Geniestreich. Gómez und seine Leute hatten gedacht, ich sei nichts weiter als Kanonenfutter. Bei einem Versagen meinerseits hätten sie mich fallen lassen wie eine heiße Kartoffel und nach anderen Möglichkeiten gesucht.

Richie, der jüngere Bruder von Ryan Gómez, hatte sich mit der Eliminierung des bisherigen Strippenziehers in Ciudad Juárez selbst zum neuen Chef des Kartells gekürt. So erzählten es mir Fatty und Gorilla, nachdem sie es sich mit ein paar Flaschen Corona in meiner Wohnung gemütlich gemacht hatten, um den Erfolg meiner und ihrer Mission zu feiern.

»Ein Einstand nach Maß, Muchacho. Hab schon die ganze Zeit gesagt, dass du Eier in der Hose hast, nicht wahr, Gordito?«, sagte der Gorilla und klopfte mir auf den Rücken.

»Am besten, der Chef sagt es ihm selbst«, entgegnete der Dickwanst.

»Was soll er mir sagen?«, fragte ich zurück.

»Nicht so neugierig«, brummte der Gorilla und hielt mir sein Handy entgegen.

Die Stimme von Richie überraschte mich. Damals in Huntsville noch sanft und leise, war sie nun rau und hart.

»Ryan wäre sehr zufrieden mit dir«, sagte er und räusperte sich. »Du kannst noch ein paar Monate im Polunsky weiterarbeiten, aber demnächst stehst du bei mir unter Vertrag, verstanden? Alles andere wäre schlecht für deine Gesundheit. Du wirst allerdings nie mit mir direkt zu tun haben, sondern alle Anweisungen von den zweien erhalten, die gerade in deiner Bude stehen. Ist das so weit klar?«

»Glasklar«, gab ich murmelnd zur Antwort. Ich war verunsichert, wusste jedoch, dass ich gerade eine Art Prüfung bestanden hatte und in eine sehr mächtige Organisation aufgenommen (oder eher gezwungen) wurde, der ich mich nicht verweigern konnte.

»Solltest du quatschen, schneiden wir dir die Zunge ab. Solltest du versagen, sägen wir dich in Stücke. Solltest du zur Konkurrenz überlaufen, legen wir nicht nur dich um, sondern auch deinen alten Herrn, deine Frau Mamá, deine Freunde und sogar den scheinheiligen Padre Alonso.«

Damit war es offiziell, ich hatte einen neuen Job, war ab sofort Auftragskiller für Richie Gómez. Trotzdem sollte ich vorerst noch im Polunsky arbeiten, ein paar Monate zumindest oder ein ganzes Jahr. Dort würde ich mich weiter mit den Gefangenen amüsieren, mit ihren Gelüsten spielen, ihre Wünsche enttäuschen und der Baier weismachen, ich hätte meinen Ödipuskomplex überwunden und träumte nicht mehr davon, meinen Vater zu töten, um meine Mutter ficken zu können.

Die Hackbällchen in Tomatensoße, die der Kerl aus Zelle 110 als Henkersmahlzeit wollte, hatte ich ordentlich versaut, das von ihm gewünschte Ei in der Mitte ließ ich komplett weg. Der Typ hatte seine Frau enthauptet und war ganz offensichtlich ein absoluter Amateur, der gut daran getan hätte, im Vorfeld jemanden wie mich zu konsultieren.

Ich klatschte das Essen auf ein Tablett und machte mich mit dem Servierwagen auf den Weg. Auf dem Flur pfiff ich wie immer ein Liedchen und grüßte an den Türen die Wachleute, denen ich hin und wieder belegte Brote brachte.

Auf dem Weg dachte ich über meinen Mäusestrategieratgeber nach. Es gab einen neuen Käse, dem ich nun nachjagte. Die Aufgabe: Menschen töten, die ich nicht kannte, ohne Fragen zu stellen. *Warum gerade der? Wer ist das eigentlich? Was hat er getan?* Nichts davon hatte mich zu interessieren. Alles, was ich wissen musste, befände sich in einem Umschlag, den ich von Gómez' Männern bekäme. Fotos und Daten der Zielperson, dazu Flugtickets, gefälschte Papiere, eine Anzahlung in Hundertern.

Das Leben ist schön für diejenigen, die es zubereiten, abschmecken und genießen können, jedoch nicht so sehr für die Gefangenen hier drin oder die dort draußen. Der Typ, der dich mit seinen Kochkünsten zum Schmatzen und Rülpsen bringt, kann dich jederzeit töten. Und wenn du selbst jemanden tötest, verwandelst du dich in den, der du wirklich bist. Aber was soll das schon heißen? Wer sind wir denn eigentlich?

Ich bin John Guadalupe, und ich weiß, dass Männer mittleren Alters wissenschaftlichen Erkenntnissen zufolge an

Herzschwäche sterben können oder auch durch die Aufregung eines Blowjobs.

Eines Tages rief mich Padre Alonso aus Eden an. Es war das erste Mal überhaupt.

»Doña Elvira ist gestorben«, sagte er mit stockender Stimme.

Ich stellte mir vor, dass er seine Hand auf meinen Kopf legte, wie er es früher immer getan hatte.

Dann murmelte er noch etwas auf Latein, das ich nicht verstand.